目　次

　　Ⅰ．目標
　　Ⅱ．学習項目
　　Ⅲ．文法・練習
　　　　1．（1）〜なくてはならない／いけない・〜なくてもかまわない
　　　　　　（2）〜なくちゃ／〜なきゃ［いけない］
　　　　2．…だけだ・［ただ］…だけでいい
　　　　3．…かな（終助詞）
　　　　4．（1）〜なんか…
　　　　　　（2）…なんて…
　　　　5．（1）〜（さ）せる（感情使役）
　　　　　　（2）〜（さ）せられる・〜される（感情使役の受身）
　　　　6．…なら、…
　　　　【補足項目】〜てくれ（読む・書く）
　　Ⅳ．話す・聞く　「楽しみにしてます・遠慮させてください」
　　Ⅴ．読む・書く　「まんじゅう、怖い」

【補足項目】…みたいです（話す・聞く）

どちらかと言えば、～ほうだ（読む・書く）

～ます／ませんように（読む・書く）

Ⅳ．話す・聞く　「ご迷惑をかけてすみませんでした」

Ⅴ．読む・書く　「【座談会】日本で暮らす」

3．内　容

［1］『みんなの日本語中級Ⅰ 本冊（CD 付）』
　　（大家的日本語中級Ⅰ・Ⅱ　附 CD）

（1）本課（第 1 課～第 12 課）

各課の内容は以下のような構成となっている。

1）　文法・練習

「文法・練習」には、全 12 課で「話す・聞く」「読む・書く」の基盤となる中級学習者に必要な文法（文型）が「中級日本語教育文法シラバス」から 100 項目取り上げられている。

中級学習者に「話す・聞く」(会話)、「読む・書く」(読み物) を指導する場合、未習の文法事項が現れて学習者がそこで立ち止まるたびに教師が解説を行うため、本来の学習活動の流れが妨げられることがあることは周知の通りである。『中級Ⅰ』（中級Ⅰ・Ⅱ）はこうした点を解決するために、「文法・練習」をあえて「話す・聞く」「読む・書く」の事前学習として位置づけ、文型を先に導入する学習効率の良さと教室活動の展開、指導の流れに配慮した。また、文型が実際にどのように用いられているか、その意味・機能や状況を「例文」の形で示し、文法用語の使用を極力避けた。文型の提示に使われている記号は次のようなものである。

＜文型提示の記号＞

① 接続部分が名詞などの「語句」に相当する場合には「～」で示す。

　　例：「～を～と言う」

　　　　正月に神社やお寺に行くことを初詣でと言います。（第 1 課 4.）

② 接続部分が「文」に相当する場合には「…」で示す。

　　例：「…という～」

　　　　ごみを分けて出すという規則はなかなか守られていません。（第 2 課 3.）

③ ただし、接続部分が「文」であっても、末尾の形が「て形」「た形」「辞書形」「たら形」「ば形」など、特定の形を要求する場合は「～」で示す。

　　て形　：「～てきた」

　　　　秋祭りの朝、遠くから太鼓の音が聞こえてきた。（第 6 課 5.）

　　た形　：「～たら、～た」

　　　　窓ガラスをふいたら、部屋が明るくなった。（第 2 課 1.）

　　辞書形：「～つもりだった」

　　　　行くつもりでしたが、ちょっと用事ができて、……。（第 6 課 2.（2））

　　たら形：「～たら、～た」

　　　　両親が生きていたら、孫の誕生をとても喜んだだろう。（第 9 課 6.）

> ば形　：「〜ば、〜た」
> 　　　　もう少し安ければ、買ったんですが……。（第9課6.）

　「練習」は運用力を養うためのものであり、場面や状況を必要とするものにはイラストを用意した。「練習」は『初級』（初級、進階）で行われた文型練習を踏まえ、さらに自発的な発話を促し、話題を展開させるものである。これが後に続く「話す・聞く」「読む・書く」の活動の基盤となる。

　「練習」の形式には、『初級』（初級、進階）の発話文型のドリル形式を発展させた複合文型ドリル以外にも、単なるパターンドリルではなく、談話ドリル、口頭発表につながるドリルなど、多彩な練習を盛り込んでいる。

> <練習の形式>
> ①　文の完成（状況を与え、文を作る）
> 　　　例：どのように頼みますか。（第1課1.）
> 　　　　　道がわからなくなったので、道を聞きたい。（知らない人に）
> 　　　　　→すみません。道に迷ってしまったんですが、ちょっと教えていただけない
> 　　　　　　でしょうか。
> ②　問いかけに対して理由も添えて答える
> 　　　例：タワポンさんにはもう連絡しましたか。（第1課6．練習1）
> 　　　　　→いいえ、まだです。いつ電話をかけても留守なんです。
> ③　状況を与えて自由に話させる
> 　　　例：友達を褒めてください。（第1課6．練習2）
> 　　　　　→ミラーさんは何を着ても似合います。スポーツは何をしても上手です。
> 　　　　　　いろいろな外国語ができるから、どこへ行っても困らないでしょう。
> ④　文体の書き換え
> 　　　例：「である」文に書き換えてください。（第4課5.）
> 　　　　　駅という字は「馬」と「尺」を合わせてできた漢字です。
> 　　　　　→駅という字は「馬」と「尺」を合わせてできた漢字である。

　なお、「文法・練習」には新出語彙も含まれている。それらは第Ⅱ部「各課の教え方」各課「Ⅱ．学習項目」の新出語 **文法・練習** に提示されているので確認する。

2）　話す・聞く

　一般に、教える側も学ぶ側も「中級の学習は読解にある」とする向きは少なくない。しかし、『みんなの日本語中級』では中級段階の口頭でのコミュニケーションも重視し、『中級Ⅰ（中級前期）（中級Ⅰ・Ⅱ）』の「話す・聞く」のシラバスとして、まず日常生活の中で様々な交渉が必要とされる場面での「交渉会話」の柱を立てた。

『中級Ⅰ』（中級Ⅰ・Ⅱ）では、日常生活の中からこの段階の学習者にとって交渉を必要とする12のコミュニケーション場面を選定し、問題解決を目的とする会話を提示した。学習者の興味と学習意欲に働きかけながら練習の段階を踏むことにより、暗記に頼ることなく最終的に目標とする会話ができるようになる。『初級』（初級、進階）で活躍した仲間たちがそれぞれの場面に登場し、会話を展開する。会話ならではの「文法項目」や「会話表現」の練習が用意されている。

「話す・聞く」の基本構成及びその内容は概略次の通りである。

1. やってみましょう

この活動は目標とする会話への導入である。

2. 聞いてみましょう

聴解タスクの第1ステップとして、まず会話（CD）を一度聞き、全体の流れと内容のポイントを聞き取る。

3. もう一度聞きましょう

聴解タスクの第2ステップで、もう一度会話（CD）を聞きながら会話本文の_____部分を完成し、正誤の確認を行う。

4. 言ってみましょう

CDを聞きながら意味機能や文脈理解の確認をする。同時に音声表現の意識化、伝達表現の向上を促す。

5. 練習をしましょう

会話本文で使われているキーワードとなる語句や表現を練習する。『初級』（初級、進階）でも「練習C」で談話練習を取り上げてきたが、『中級Ⅰ』（中級Ⅰ・Ⅱ）の談話練習にはいくつかの特徴がある。

<談話練習の特徴>
① それぞれの会話の「練習」には、話題・場面・状況が設定されている。
② それぞれの会話の「練習」では、学習者を○、会話の相手を●で表す。
③ ●（相手）は話題・場面・状況によって人物が指定されている。

6. 会話をしましょう

イラストを見ながらその場面・状況で使える語彙・表現を確認した上で、会話本文を想起し、再生させる。ここでは必ずしも会話本文そのままの復元を期待しているわけではない。

7．チャレンジしましょう

　　ロールカードによって与えられた課題にチャレンジし、学習した表現やスキルの応用力を身につける。

3）　**読む・書く**

　　『初級』（初級、進階）でも「読む・書く」について配慮し、学習した範囲の語彙と文法で課ごとに簡単な文章を読ませたり、身近なテーマで書かせたりする指導を行ってきたが、『初級』（初級、進階）の主眼は「話す・聞く」の運用力養成であった。

　　『中級Ⅰ』（中級Ⅰ・Ⅱ）では「読む・書く」を「話す・聞く」とともに2本の柱として立てた。「読み物」は「会話」につながる話題を選んで600〜900字の文章にまとめた。読みのストラテジーを用いた読みができ、かつ読みの内容を発展させた「書く」「発表する」といった運用力を養成することも目標とする。

　　「読む・書く」の基本構成及びその内容は概略次の通りである。

1．考えてみましょう

　　読む前の準備・導入活動として、「読み物」本文の話題に関する知識を活性化する。

2．ことばをチェックしましょう

　　各課の「ことばをチェックしましょう」には「読み物」を理解する上で必要なキーワードが提示されている。キーワードをつなぐことによって「読み物」の内容がイメージできる。また、与えられている問題文は全て既習語で作られている。

　　各課で学習者に確認・意識化させることばの数は多くても10語前後である。与えられたキーワードで、例文（穴埋め問題）を完成することはそれほど難しいことではない。

3．読みましょう

　　読み方には様々な方法やスキルがあるが、成人である学習者にはすでに母語による読解の方法やスキルを身につけている人もいれば、まだ不十分な人もいる。ここには「読み物」本文を読む際に必要な読み方のヒントとして「読むときのポイント」が示されている。

4．答えましょう

　　ここでは「読むときのポイント」のタスクが的確に行われたかどうかを確認する。必要に応じて内容に関する細かな質問も用意されている。問題によっては「読むときのポイント」に書かれているヒントが参考になるだろう。

　　「答えましょう」の問題形式には、正解を選ばせる問題、書かせる問題、理由

換などの単純な口ならしは中級段階においても必要である。③文法解説は『翻訳・文法解説（各国語版）』（文法解説・問題解答・聴解內容）の解説の部分である。また「参照」として『初級』（初級、進階）で既習の「関連項目」を示し、学習者の既習の知識を活性化する。さらに教師用として「参考」の解説を付した。課の学習には直接必要ないが、知っていれば中級教育文法の体系的な把握に役立つものである。④練習の留意点とヒントは学習計画の作成とその実施に当たっての参考となる（「参考」で取り挙げた文献は主に小社発行物に拠った）。

　なお、教室で「文法・練習」に充てる時間を割愛したいという場合には、学習者は少なくとも『翻訳・文法解説（各国語版）』（文法解説・問題解答・聴解內容）を予習として通読し、その理解の上に立ってクラスでは「練習」に集中する。練習はダイナミックに短時間で行うとよいだろう。

　各課を通しての＜手順・留意点＞は次の通りである。

＜手順・留意点＞
　①　本冊の新出文型（見出し）を提示する。
　②　文型とその接続、意味・機能を『翻訳・文法解説（各国語版）』（文法解説・問題解答・聴解內容）で確認する。
　　　例：「〜（た）がる」（☞『中級Ⅰ翻訳・文法解説』（中級Ⅰ　文法解説・問題解答・聴解內容）(p.70) 第4課7.（1）解説参照）

$$\begin{array}{l} \text{V ます -form} \quad + \quad \text{たがる} \\ \left.\begin{array}{l} \text{い A　－い} \\ \text{な A} \end{array}\right\} + \text{がる} \end{array}$$

　③　導入された文型や表現がどのような場面・状況で用いられるか、本冊の例文で確認する。
　　　例：第4課7.例文
　　　　　１）子どもは友達が持っているのと同じ物を欲しがります。
　　　　　２）母は地震のニュースを聞くと、とても不安がります。
　　　　　３）父は新しい製品が出ると、すぐに買いたがります。
　　　　　４）最近、結婚したがらない若者が増えています。
　④　本冊の練習を行う。

表2　目標と学習項目

Ⅰ．目　　標：課全体の目的として

    ＜話す・聞く＞　　　　　それぞれで習得すべき機能、ストラテジーを示す。
    ＜読む・書く＞

Ⅱ．学習項目：各課学習活動（技能の習得と運用）に必要な言語素材の全てを教科書に提出
    される順序にしたがって掲げる。

第○課

	話す・聞く 「会話タイトル」	読む・書く 「読み物タイトル」
本文内容	「会話」の内容	「読み物」の内容
文法項目	「会話」で学習する 文法項目	「読み物」で学習する 文法項目
＊補足項目	産出・運用までを求め ない解説のみの項目	産出・運用までを求め ない解説のみの項目
新出語 ＊固有名詞	**文法・練習** 「会話」に関わる 「文法・練習」に出現する 新出語 話す・聞く 「話す・聞く」に 出現する新出語	**文法・練習** 「読み物」に関わる 「文法・練習」に出現する 新出語 読む・書く 「読む・書く」に 出現する新出語
会話表現	「話す・聞く」に 出現する会話表現	「読む・書く」に 出現する会話表現
学習漢字		「読み物」から 抽出した学習漢字

Ⅳ．話す・聞く

【目標】

　「話す・聞く」には各課ごとに「目標」が掲げられている。テーマである「交渉会話」のスキルに焦点を当て、それぞれの「場面・状況」における「会話」に必要なストラテジーが身につくように明確な「機能」が取り上げられ、学習の流れに沿って項目が記され、必要に応じてそのねらいと学習のポイントを解説する。

1．やってみましょう

　　学習者に、タスクの会話を考えさせる導入部分である。

＜手順・留意点＞

① 設問にしたがい、イラストで与えられた会話場面・状況に合わせて学習者自身のことばで話してみる。導入段階での学習者の運用能力を意識化する。

② 教科書で与えられた設定が学習環境に合わない場合は、学習者に合わせて工夫する。例えば「第2課」であれば、実際に地域で日ごろ配られる新聞の折り込みチラシやポストに投げ込まれるチラシを用いる。海外などであれば、学習者の興味を引く広告の内容をアレンジして使うのもよい。

2．聞いてみましょう

　　全体の流れを把握し、内容と表現を聞き取る。『手引き』（教師用指導書）ではその人間関係や待遇関係についても述べる。

＜手順・留意点＞

① イラストの会話登場人物を確認し、聞くポイント「1）内容を聞き取りましょう」の質問を参考に場面・状況を確認してからCDを聞く。解答は完全な文章で答えられなくても、ポイントを外していなければそれでよしとする。

② 「2）表現を聞き取りましょう」のポイントを読み、特に意識して聞く表現を確認した後、再度CDを聞く。答え合わせをして、おおよその表現が聞き取れていたらそれでよしとする。完全な正しい答えが出るまで繰り返す必要はない。聞き取れた内容や流れの断片をメモするのもよい。

③ 「2．聞いてみましょう」は「3．もう一度聞きましょう」への布石である。やり方がつかめない、あるいはわからない部分が気になって通して聞くことができない学習者もいる。そのような場合でも途中でCDを止めず、通して聞かせたほうがよい。完全に聞き取れていない場合でも、そこで足踏みをしているよりは次の「3．もう一度聞きましょう」に進む。

④ 「2．聞いてみましょう（聴解タスク）」の解答は最後の段階でよく確認する。

⑤ 語彙訳リストで語彙の確認をする。

⑥ 学習者のレベルに応じて注意すべき新出語彙、会話表現、文法項目を確認し、説明・練習をする。

3．もう一度聞きましょう

　「会話」の＿＿＿部分を聞きながら完成させる。『手引き』（教師用指導書）では、それらタスクの下線部分の機能、用法について解説する。

＜手順・留意点＞
① CD を聞きながら＿＿＿部分を埋め、会話を完成する。この段階でまだよく聞き取れない場合でも、小刻みな聞き取りはせずに会話全体を通して聞く。
② 一度目に「２．聞いてみましょう」を聞き、メモした表現や完成させた会話が「３．もう一度聞きましょう」と違っていたり、聞き取れなかったところがあれば確認する。最初は聞き取れなかった学習者も、聴解のタスクを重ねる中で聞き取りのコツをつかんでいく。
③ 語彙・表現は各課新出語彙訳（『翻訳・文法解説（各国語版）』（文法解説・問題解答・聴解内容））で確認する。また、学習者に応じて必要な説明・練習を補足する。
④ 学習者に応じて把握できていない文法項目の確認、説明をする。

4．言ってみましょう

　CD を活用して話す速さや声のトーン、「間（ま）」などの言語以外の要素の伝達力にも注意を向ける。嬉しさ、楽しさ、落胆、同情、ためらい、共感などを聞き取る。最初は聞き取れなくても、CD を聞き、実際に言ってみることで聞き分けられるようになる。

＜留意点とヒント＞
① 発音やイントネーションに注意して CD の通りに言ってみる。言えない場合は一、二度下読みをする。
② CD を聞きながら会話のリズム、スピードの緩急、間、フィラーなどに関しても学習者自身の気づきを促す。
③ 学習者が音声の会話のスピードに合わせて言えているかどうかを観察する。母語の干渉による発音の不正確さがある場合でも、個々の音の矯正を無理に行うよりも「アクセントやイントネーションの全体の形を大切にすれば、発音の難点はカバーできる」と言って励ます。このように、教師には学習者の日本語によるコミュニケーションに自信を持たせる姿勢が大切である。
　CD の会話には登場人物の個性も音声で表現されているが、学習者は聞いているだけでは把握しきれない。自分で「言う」ことが求められて初めて気づくという場合が多いので、「言ってみましょう」の活動も大切に扱いたい。

5．練習をしましょう

　その課の会話から特に選んだ機能と表現の談話練習である。１）２）の項目は目的を達成するための鍵となる慣用的な表現、あるいは機能を含む表現である。

があるから自習できるとして、②「話す・聞く」、③「読む・書く」をじっくり
学びたいという要望が出る場合もある。しかし、①、②、③、④のどれを外すか
という判断を誤ると学習のプログラム、技能の発達、運用能力がアンバランスに
なる。したがって、学習の柱を削るよりは練習問題や活動の量を省略、軽減する
ほうがよいだろう。

　このように、学習者に応じた授業計画と積極的に取り組むことは、また１課当
たりに与えられる学習時間との調整を果たすことになる。これが「教科書を教え
るのではなく、教科書で教える」ことであり、教科書の役割の真骨頂はここにあ
る。

２）学習時間

　『中級Ⅰ（前期）』の学習時間としては１課当たり８時間〜12時間、全体で復
習時間を加えても約100〜150時間を想定している。学習時間の制約は学習者の
背景、ニーズにかかわらず「学習計画」全体を大きく支配する。しかも時間の制
約は様々であるが、時間単位に加えて学習環境、例えばクラスの設置時間も含め
て考慮の対象になる。

（１）単位時間

　　　１時間以下、１時間、２時間、３時間以上

（２）クラス設置時間

　　　①朝（始業前）

　　　　個人レッスンなど

　　　②午前、午後

　　　　日本語学校、研修機関、地域ボランテイア教室など

　　　③夜間（退勤後）

　　　　日本語学校、地域ボランテイア教室など

　それぞれ、学習者の背景・生活や勤務態様などにより学習の成否に関係してくる。

（３）期間（時間）

　　　①100時間（6週間）

　　　②200時間（3か月）

　　　③60時間（週1回90分、1年）

　　　授業時間に関するこれらの状況は、学ぶ側も指導する側も自由に変更でき
　　　ない部分であるが、学校や教育機関の方針とコースの期間は事前に把握で
　　　きることなので、実際に学習をどのように進めるか事前によく検討し、授
　　　業計画を設計し、実施と評価、修正を積み重ねながら学習活動を進めてい
　　　くことになる。

学習進度は学校や教育機関の方針に加え、学習者のニーズと習熟度に配慮しなければならないが、一定の学習目標を達成するためには適切な学習項目の取捨選択とともに、期間を通し、あるいは1日の学習活動にメリハリをつけ、しかも全体の学習のリズムが保たれるだけの速さも必要である。

　本冊各課の構成は表1、表2、図1、図2に示されるように、多様な学習者と学習時間の調整に関しても対応できるものとなっている。

　『手引き』を参考にしながら、様々な現場で学習者と楽しく活発な学習が創造的に展開されることを期待している。

（3）「…するだけでいい」は必要な動作が「…すること」だけであり、それ以外
　　は必要ないことを表します。
　　　　⑤　申し込みはどうするんですか？
　　　　　…この紙に名前を書くだけでいいんです。

【練習の留意点とヒント】

◇「練習1」は聞き手に対して、話者の行為に取り立てて意味はないから気にしなく
　てもいいというニュアンスで用いる場合の使い方である。文型の導入には心配そう
　に気遣う質問者に対して、何でもないことを伝えるような場面を提示するとわかり
　やすい。
　　　例：どうしたんですか。気分が悪いんですか。
　　　　　…いいえ、ちょっと疲れたので、休んでいるだけです。
　行為は発話の時点で完了しているか、継続しているか、今からするかによって
　「～た／～ている／～る」(例：「ちょっと見ただけです」「ちょっと見ているだけで
　す」「ちょっと見るだけです」) が使われる。「練習1」のイラストは、今している行
　為について話している場面なので「～ている」を使うのが望ましい。
◇それ以上はないという意味から、謙遜を示す場合にもよく使われるので、応用とし
　て、褒められたときの答えに使う練習をさせてもよい。
　　　例：・あんな難しい試験に合格したなんて、すごいですね。
　　　　　　…いいえ、運がよかっただけです。
　　　　　・庭もあって、広くてすばらしいおうちですね。
　　　　　　…いいえ、ただ大きいだけで、古くて使いにくいんですよ。
◇「練習2」は必要な行為は1つだけで、とても簡単だということを示す使い方。動
　　詞は辞書形を用いる。
◇応用練習として「実際に彼（有名な俳優）には会えなくても、彼の写真や映画を見
　　ているだけでいい」とか「(生まれてくる子は美男美女でなくても) 元気なだけで
　　いい」など、何かを願望するときの最低限の満足度を示す使い方などに広げること
　　もできる。

3.　　…かな（終助詞）

（１）「…かな」は相手に答えを強要しない疑問で使います。「…」は普通形です。

　　　① 　A： 　お父さんの誕生日のプレゼントは何がいいかな。
　　　　　 B： 　セーターはどうかな。

（２）誘いや依頼で「…ないかな」を使うとはっきり言わず、やわらげる効果が
あります。

　　　② 　A： 　明日みんなで桜を見に行くんですが、先生もいっしょにいらっ
　　　　　　　 しゃらないかなと思いまして。
　　　　　 B： 　桜ですか。いいですね。
　　　③ 　A： 　3時までにこの資料を全部コピーしなければならないんだけ
　　　　　　　 ど、手伝ってくれないかな。
　　　　　 B： 　いいよ。

【練習の留意点とヒント】

◇「練習」では「疑問詞＋〜かな」で柔らかなニュアンスの質問をし、答えには「…
　はどうかな」で提案を表す使い方を練習する。練習の際はイントネーションに注意
　する。また、この表現は親しい友達同士の会話に用い、目上の人間には使わないこ
　とに注意する。

◇「意向形＋かな」(例文2)「行こうかな。どうしようかな」）は自分がこれからするこ
　とに迷っている場合に使う。誘われて、すぐに答えが出せない状況などを設定して
　会話を作る練習を行ってもよい。

　　　例：明日○○祭りがあるんだけど、行ってみない？
　　　　　…そうね。行こうかな。どうしようかな。
　　　　　とてもおもしろいって、聞いたよ。
　　　　　…うん、じゃ、行く。／やっぱり、やめておく。発表の準備をしなくちゃな
　　　　　らないから。

4.（1）　〜なんか…

N　＋　なんか

「〜なんか」は「〜」を重要ではないと軽視する気持ちを表す表現です。「など」
と同じですが、「〜なんか」は話しことばで使われます。

　　　① 　わたしの絵なんかみんなに見せないでください。絵が下手なんです。

【練習の留意点とヒント】

◇例を示す「など」のくだけた表現（例：「コーヒーなんかどう？」「これなんか、あ
なたに似合いそう」）であることを導入。さらにそれが話者にとっては価値のない、

感情使役は、さらに受身にすることも可能です。
① 何度買っても宝くじが当たらず、がっかりさせられた。
② 子どもが書いた作文はすばらしく、感心させられた。
この場合は、驚き・悲しみ・落胆・感嘆の感情が強く引き起こされたことを表します。

参照 「〜(さ)せる（使役）」：部長は加藤さんを大阪へ出張させます。

（☞『大家的日本語進階Ⅱ』第48課）

「〜(ら)れる（受身）」：わたしは先生に褒められました。

（☞『大家的日本語進階Ⅰ』第37課）

「〜(さ)せられる（使役受身）」：太郎君は先生に掃除をさせられました。

（☞『大家的日本語中級Ⅰ』第4課）

【練習の留意点とヒント】
◇動詞Ⅰグループの使役受身は「〜せられる」が「〜される」のようになる（例：泣かせる→泣かせられる→泣かされる）ことが多いので、形を十分口頭練習させる。
◇感情を引き起こす原因は人だけではなく、「練習2」のように物や事柄の場合もある。次のような形で文を作る練習をするとよい。
　　例：彼女の演技はすばらしくて感動しましたが、歌は下手でがっかりしました。
　　　　→ 彼女の演技には感動させられたが、歌にはがっかりさせられた。

6. …なら、…

「XならY」は、聞き手がXをしようとしていたり、Xの状態である場合に、Yを勧めたり尋ねたりするときに使われます。Xには名詞が来ることもありますし、動詞・形容詞が来ることもあります。
「なら」は普通形につきます。ただし、な形容詞・名詞で終わるときは「な形容詞・名詞＋なら」になります。
① パソコンを買いたいんですが。
　　…パソコンならパワー電気のがいいですよ。（☞『大家的日本語進階Ⅰ』第35課）
② ワインを買うなら、あの酒屋に安くておいしいものがあるよ。
③ 日曜大工でいすを作るなら、まず材料に良い木を選ばなくてはいけません。

④　頭が痛いなら、この薬を飲むといいですよ。

　　⑤　大学院への進学のことを相談するなら、どの先生がいいかな。

【練習の留意点とヒント】

◇取り立ての「名詞＋なら」は『進階Ⅰ』第35課で学習した。ここでは、名詞以外
　に動詞、形容詞を使う練習をする。

◇「練習1」では旅行のアドバイスになっているが、日本語の勉強法など他のトピッ
　クにも広げて練習させるとよい。また、余裕があれば「〜と／たら／ば／なら」の
　使い分けの整理をしておくとよい（☞『中級Ⅱ』p.41 問題 6 参照）。

【補足項目】

〜てくれ （読む・書く）

　（1）「Ｖてくれ」は、指示や依頼の発言をそのまま表さず、間接的に表すときに
　　　使います。指示や依頼を直接的に示すと「〜てください」になります。

　　　①　田中さんはお母さんに「7時に起こしてください」と言いました。

　　　　　→　田中さんはお母さんに何と言いましたか。

　　　　　…7時に起こしてくれと言いました。

　（2）「Ｖてくれ」は目下の人に依頼するときの表現で、おもに男性が使います。

　　　②　部長：田中君、この資料をコピーして来てくれ。

Ⅳ. 話す・聞く　「楽しみにしてます・遠慮させてください」

【目標】

　　①　誘いを受けたとき、喜びの気持ちを表して、受ける。

　　②　誘いを受けたとき、残念な気持ちを表して、丁寧に断る。

・周りの日本人と良好な関係をつくるには、感じのよい誠実な態度とともに、会話の
　潤滑油になるような表現が使えることも必要である。例えば、日本人は感情をあま
　り表さないと言われているが、誘いを受けたときなど素直に嬉しさを表すのは好ま
　しいことであるし、相手の申し出を断る際には相手に不快な印象を与えないことが
　大切である。そのようなときにどんな表現を使ったらいいかを学習する。

・国際交流会の催しの案内状、学習者が興味を持ちそうな各種イベントのお知らせ等
　を準備するとよい。

Ⅲ．文法・練習

1.（1）（2） ┃～あいだ、…・～あいだに、…┃

Vている ┃
Nの　　┃ ＋ ┃ あいだ
　　　　　　　┃ あいだに

> （1）「Xあいだ、Y」は、XもYもどちらも一定の期間継続する状態で、Xが継
> 　　　続しているときに同時にYも継続していることを表します。
> 　　　① 電車に乗っているあいだ、本を読んでいた。
> 　　　② 夏休みのあいだ、ずっと国に帰っていた。
> （2）「Xあいだに、Y」は、Xが継続する状態でYは一つの出来事であり、Xが
> 　　　継続しているときにYが発生することを表します。
> 　　　③ 食事に出かけているあいだに、部屋に泥棒が入った。
> 　　　④ 旅行のあいだに、アパートに泥棒が入った。
>
> ┃参照┃ 「あいだ（位置）」：郵便局は銀行と本屋のあいだ（間）にあります。
> 　　　　　　　　　　　　　　　　　　　　　　　　（☞『大家的日本語初級Ⅰ』第10課）

【練習の留意点とヒント】

◇導入する際に2つの絵を並べて文型を提示するとわかりやすい。例えば、子どもが
　寝ている絵と母親がテレビを見ている絵を同じ時間軸の上下に並べて「子どもが寝
　ているあいだ、母親はテレビを見ていました」。同様に母親がスーパーへ行って帰っ
　てくる絵を置けば、「子どもが寝ているあいだに、母親は買い物に行って来ました」
　となる。

◇テキストの「練習」はそれぞれの表現に分けた練習しかないので、余裕があれば「あ
　いだ」と「あいだに」で後件を作らせる練習、あるいは「あいだ」と「あいだに」
　のどちらを使ったらいいか判断する練習なども組み込むとよい。
　　例1：後件を作らせる。
　　　　① 夫が買い物をしているあいだ、［私は図書館で本を読んでいた。］
　　　　② 夫が買い物をしているあいだに、［私は図書館へ本を返しに行った。］
　　例2：どちらか選ばせる。
　　　　彼女と話している［あいだ／あいだに］、彼は全くコーヒーを飲まなかっ
　　　　た。

◇「～あいだ、…」では、後件の継続動作は「～ている／いた」だが、否定形の場合
　は「～ない／なかった」になることに注意（参照：例文2）、「練習3」）。
　「～ていなかった」となるのではないかという質問が出るかもしれないが、そのと

きはそれを使うと、下記の例のように単なる事実以外の意味を含むと説明する。

例：夏休みのあいだ、どこへも行かなかった。

夏休みのあいだ、どこへも行っていなかった。（「よく考えてみると」「思い出してみると」などの特定期間についての回顧）

2. （1）（2）　～まで、…・～までに、…

N　┐
V辞書形　┘　＋　┌　まで
　　　　　　　　└　までに

> （1）「XまでY」では、Xは Yの最終的な期限を表します。Yは継続する動作や状態を表します。
> 　　① 　3時までここにいます。
> 　　② 　毎日9時から5時まで働きます。　　（☞『大家的日本語初級Ⅰ』第4課）
> 　Xが時間ではなく出来事の場合もあります。
> 　　③ 　先生が来るまで、ここで待っていましょう。
> （2）「XまでにY」もXは期限ですが、Yは継続する動作や状態ではなく1回の出来事です。Xより前にYが発生することを表します。
> 　　④ 　3時までに帰ります。　　（☞『大家的日本語初級Ⅱ』第17課）
> 　　⑤ 　先生が来るまでに、掃除を終わらせた。

【練習の留意点とヒント】

◇1. と同様、テキストの「練習」はそれぞれの表現に分けた練習になっているので、余裕があれば、「まで」と「までに」のどちらを使ったらいいか判断する練習なども組み込むことが望ましい。

例1：後件を作らせる。

① 　卒業するまで、［このアパートに住むつもりです。］

② 　卒業するまでに、［三島由紀夫の作品を全部読むつもりです。］

例2：どちらか選ばせる。

会議が終わる［まで／までに］、待っていてください。

（2）の「練習」を膨らませて、「～まで」「～までに」の両方を使って将来の人生設計などを話させてもよい。

例：30歳になるまでに結婚したいです。

それから子どもが大学に行くまで、一生懸命働こうと思います。

そして、60歳になるまでに、NPOをつくりたいと思います。

3. ~た~ （名詞修飾）

Ｖた形　＋　Ｎ

> （１）動作や変化が終わった結果の状態を表す「ている形」が名詞を修飾する場合、
> た形も使われます。
> 　　① 田中さんは眼鏡をかけています。→ 眼鏡をかけた田中さん
> 　　② 線が曲がっている。→ 曲がった線
> （２）動作が進行中の状態を表す「ている形」が名詞を修飾する場合は、「た形」
> に変えると別の意味になります。
> 　　③ 山下さんは本を読んでいます。≠ 本を読んだ山下さん
> 　　④ 東京電気で働いている友達 ≠ 東京電気で働いた友達
>
> 参照 「ている（結果の状態を表す）」：窓が割れています。
>
> （☞『大家的日本語進階Ⅰ』第29課）

【練習の留意点とヒント】
◇導入、練習の際には元の文の主格が修飾される名詞になることに注意する。
　（参照：「問題４」）
　　例：田中さんがセーターを着ています
　　　　→ セーターを着ている田中さん → セーターを着た田中さん（○）
　　　　　田中さんが着ているセーター → 田中さんが着たセーター（×）
◇例文３)「カーテンの閉まった部屋」の「の」に注意。いくつか例を挙げて練習する
　とよい。
　　例：ポケットに穴が開いている → 穴のあいたポケット
　　　　かばんに辞書が入っている → 辞書の入ったかばん
　　　　部屋はカーテンが閉まっている → カーテンの閉まった部屋
　　　　部屋は電気がついている → 電気のついた部屋
◇「練習」にあるように、いろいろな絵や写真で示されたものを使って文章を作ると
　楽しい。

4. ~によって…

Ｎ　＋　によって

> 「ＸによってＹ」は、Ｘの種類に対応してＹに多様な変化が生じることを表しま
> す。Ｙには「違う」「変わる」「さまざまだ」などの述語がよく使われます。
> 　　① 好きな食べ物は人によって違う。

②　季節によって景色が変わる。

> **参考**　「によって」　　『中上級を教える人のための日本語文法ハンドブック』p.35、
> 　　　　　　　　　　　　　　　　　p.23、p.25
>
> 「によって」は複合助詞の一つで、上のような「状況に応じた変化・対応を表す」場合の他に「手段」「原因・理由」を表します。「で」で表すこともできますが、「によって」のほうが硬い表現です。
> ・この国は石油の輸出によって大金を得た。（手段）
> ・地震によって多くの家が倒れてしまった。（原因・理由）

【練習の留意点とヒント】

◇覚えておくと便利な表現で、一般化して答えにくい質問に答えるときなどに役立つ。「〜によります」という言い方もあるが、話題になっていることについての質問に対して短く答える場合に使われ、補足説明がつくことが多い。

例：日本人はみんな、すしが好きなんですか。

…人によりますね。生の魚は好きじゃないと言う人もいます。

5. ┃ 〜たまま、…・〜のまま、… ┃

V た形 ⎫
　　　 ⎬ ＋ **まま**
N の 　⎭

> 「V たまま Y ／N のまま Y」は、「動作 V をしたあとの状態で Y を行う」、または「N の状態で Y を行う」ことを表します。通常は X の状態で Y は行わないという場合に用います。
> ①　眼鏡をかけたまま、おふろに入った。
> ②　昨夜の地震にはびっくりして、下着のまま、外に出た。
>
> **参考**　「〜たまま」　　『初級を教える人のための日本語文法ハンドブック』pp.194–196
> 「X たまま Y」という文型は付帯状況を表し、ある主体が「X た」という状態（動作 X の結果生じて、そのまま続いている状態）で動作 Y を行うことを表します。X は主体や動作を受けるものに何らかの変化を起こす動作に限られます。次の例の「歌う」は変化を起こさない動作であるため不適切になります。
> ・×彼は歌ったまま、でかけてしまった。
> また、X が「死ぬ」など一度起こったら元に戻らない（不可逆的な）変化を表す場合も不適格になります。
> ・×彼は死んだまま、路上で発見された。

「たまま」は「たままで」の形もありますが、意味は同じです。

・クーラーをつけた｛まま／ままで｝、眠ってしまった。

「Ｎのまま」のＮには、「浴衣・スーツ・裸・裸足」などの服装の重要な部分や「仏頂面」「笑顔」などの表情を表すものなど、一部の名詞に限られます。例えば、次のような文は不自然になります。

・×学生のまま結婚した。

・×ネックレスのまま眠ってしまった。

【練習の留意点とヒント】

◇「～た」で使われる動詞は瞬間的に終わる動詞で、その結果の状態と後件の動作との組み合わせが適切でないと話し手が判断した場合に使われるので、「練習１」、「練習２」のような失敗談などを文型の導入例にするとよい。

◇「～ないまま」が使えるかどうか質問が出る場合がある。

　　例：彼は何も知らないまま、死んでしまった。

　　　　彼女は何も言わないまま、立ち去った。

これは書きことば的な表現で会話で使われることは少ないので、『進階Ⅰ』第34課で学習した「～ないで」を使う、と説明しておく。

6. ｜…からだ（原因・理由）｜

（１）文 普通形　＋　からだ

（２）文 普通形　＋　のは、文 普通形　＋　からだ

（１）ある出来事の原因や理由を表す言い方です。理由を尋ねられたときの答えとして用いられ、「から」は普通形につきます。

　　① どうして医者になりたいんですか。

　　　　…医者は人を助けるすばらしい仕事だからです。

（２）先に結果を述べて後から原因を述べる場合は、「…（普通形）＋のは、…（普通形）＋からだ」となります。

　　② 急にドアが開いたのは、だれかがボタンを押したからだ。

同じように理由を表す「…ので」にはこれらの用法はなく、「…のでだ／…のでです」という言い方はできません。

｜参照｜ 「…から（理由：２つの文をつないで１つの文にする）」：

・時間がありませんから、新聞を読みません。（☞『大家的日本語初級Ⅰ』第９課）

｜参考｜ Ａ）まだ子ども｛○だから／○ですから｝、新聞を読みません。

　　　 Ｂ）どうして医者になりたいんですか。

…医者は人を助けるすばらしい仕事 {○だから／×ですから} です。
　B）はA）とは異なります。B）の答えは、「どうして医者になりたいんですか」
という質問に「医者になりたい理由は、～です」という名詞述語文で答えていま
す。答えの「～です」の「～」は名詞化された名詞相当のものなので、「デス・
マス」で丁寧化することはできません。したがって、「×すばらしい仕事ですか
らです」とは言えません。これに対して、A）「～から、新聞を読みません」の「～」
は必ずしも名詞述語文ではないので、「すばらしい仕事 {です・だ} から、医者に
なりたいんです」「人を助けられ {ます・る} から、医者になりたいんです」と言
うことができます。

【練習の留意点とヒント】

◇明確な理由を表明するための表現であり、例文にあるように改まった場面で意見や
　判断の根拠、決意の理由などを述べる場合に用いる。日常的な会話で、特に理由や
　原因を強調する必要がないときは、使わない。
　　　例：（いつもの職場で）「今日は飲みに行かないんですか」
　　　　　　　　　　「ええ、ちょっと体の調子が悪いからです」（×）
　　　　　　　　　　→「ええ、ちょっと体の調子が悪いんです」
　　　　　　（面接の場で）「どうして日本へ留学したいんですか」
　　　　　　　　　　→「（留学したいのは）日本のアニメに興味があるからです」

◇「練習」では単発的に意見を述べるだけになっているが、賛成・反対の立場で意見
　を考えさせ、ミニディスカッションのような形にしてもよい。複数の理由を言う場
　合には、「まず／次に／それから」「第1に／第2に…」などの表現も使わせる。
　　　例：学生のアルバイトに賛成か、反対か

【補足項目】

▎髪／目／形をしている▎（話す・聞く）

　　人や物の外見の特徴を述べる表現です。
　　①　リンリンちゃんは長い髪をしています。
　　②　この人形は大きい目をしています。
　　③　このパンは帽子みたいな形をしている。

Ⅳ. 話す・聞く　「迷子になっちゃったんです」
【目標】

> ①　いっしょにいる人とはぐれたり、持ち物を失くしたり忘れたりしたとき、その人や物の様子を詳しく説明して探してもらう。

・迷子や失くし物などの場合、日本では公共施設の案内所、交通機関の忘れ物取扱い所、交番などに行って頼むことが多い。

・タスクに使えそうな人物の写真や絵を準備するとよい。学習者に自分の家族や友人の写真を持って来させてもよい。また、人以外にペットの動物などの写真、傘や鞄などの実物や写真もあると応用ロールプレイに使える。

1. やってみましょう

・服や持ち物、髪型などをどう表現するかの練習なので、人や物の外観をまず知っていることばで説明してみる。実際に教室内の学習者の着ているものや持ち物などを取り上げて、どう言ったらいいか考えさせるのもよい。

・「h．長い髪をしている」という表現では「長い髪」の他にいろいろな言葉が使えるので、テキストのイラスト以外に写真や絵を使い、練習を広げることができる。

2. 聞いてみましょう

登場人物：ワン（神戸病院の医者）

　　　　　　スーパーの係員

場　　　面：午後3時ごろ　スーパーのサービスカウンターで

3. もう一度聞きましょう

・テキストのポイント以外に、姪の様子を説明するときにどんな順番に情報を並べているかについても注意させるとよい。

　ここでは、年齢 → 性別 → 体型（身長）→ 着ているもの → 髪型・持ち物 → 附加情報の順に話している。要するに、描写説明をする場合は全体的なことから小さな部分にという原則がある。この原則を意識せずに習った表現を使おうとするあまり、シャツの柄の説明など瑣末な部分から話し始める学習者もいるので、上記の順番を意識化するようにする。

4. 言ってみましょう

・姪の様子を説明するときは、すらすら滑らかに言うのではなく、思い出しながら、

確かめるようにゆっくり発話するように注意する。

5．練習をしましょう

・確か…たと思います

記憶を確かめ、思い出すときの表現。（『進階Ⅰ』第 29 課参照）

思い出した「…」の部分には「た形」が使われることが多い。

例：（1）（2）○客　　●スーパーの店員

6．会話をしましょう

イラスト	会話 （ゴシック体は使ってほしい表現）	会話の流れ
［午後3時ごろ　スーパーのサービスカウンターで］ 1） 	ワン：　あのう、買い物しているあいだに、子どもが迷子になっちゃったんです。 係員：　では、すぐ放送して、お捜しします。お子さんのお名前は？ ワン：　リンリンと言います。中国から来た姪なんです。	迷子になったことを伝える 〈名前を聞く〉
2） 	係員：　お子さんの特徴は？　着ているものなど、教えてください。 ワン：　はい。6歳の女の子で、身長は120センチぐらい。赤と白のしまのセーターを着て、ジーンズをはいてます。 係員：　赤と白のしまのセーターにジーンズをはいた女の子ですね。髪型は？ ワン：　肩くらいまでの長い髪をしてます。	〈子どもの特徴を聞く〉 詳しく説明する 〈確認する、さらに情報を求める〉
3） 	係員：　ほかに、持ち物とかは？ ワン：　小さいリュックを背負ってます。 係員：　色は？ ワン：　**確か、水色だった**と思います。 係員：　水色のリュックですね。	〈さらに情報を求める〉 〈確認する〉
4） 	ワン：　あのう、姪は日本語が全然わからないんですが……。 係員：　それでは、日本語と中国語で放送いたします。 ワン：　よろしくお願いします。 　　　　すみません。見つかるまで、こちらで待たせてもらえますか。 係員：　ええ、どうぞ。	さらに情報を与える 会話を終える

7．チャレンジしましょう

・いろいろな猫の写真を準備しておくとよい。警官役がペットの飼い主の説明を聞いて、その後、数枚の写真の中から飼い主の説明にあった猫を選び出すというようなタスクにつなげることができる。説明がきちんとできているかどうかを測ることもでき、ゲーム的な面白さも加わり、楽しくできる。犬やその他の持ち物、迷子などの場合も同様の準備をしておくとよい。

・ペットが話題なので、動物の性別を言う際には「オス／メス」、また「髪」とは言わず「毛」と言うこと、「前足／後ろ足」「しっぽ」などの表現も紹介しておくとよい。

【ロールプレイ】

・ペットの捜索を交番に頼みに行く。

[夕方　交番で]　　　　　　　　　　　　　　　　　　ロールカードA

A：ペットの飼い主

B：警官

あなたはAです

右のようなペットの猫が、買い物に行っているあいだに、
いなくなっていました。

・交番で説明して、捜してもらってください。

[夕方　交番で]　　　　　　　　　　　　　　　　　　ロールカードB

A：ペットの飼い主

B：警官

あなたはBです

Aさんが相談に来ました。

・詳しく説明してもらってください。

・どうしたらいいかアドバイスをし、連絡先も確認してください。

【会話例】

A：　あのう、ペットの猫がいなくなってしまったので、捜していただきたいんですが。

B：　猫ですか。

A：　ええ、買い物に行っているあいだに、いなくなってしまったんです。

B：　どんな猫ですか。

A：　名前は「はてな」といいます。4歳のメスの猫で、体は耳と背中が黒く、おなかは白くて、左の前足だけ白いんです。目は青くて……。

B：　名前や持ち主のわかるようなものを、何かつけていますか。

A：　首に赤と青のチェックの首輪をしています。金具のところに確か、Hのマー

クがついていたと思います。

B：　他に何か特徴は？

A：　うーん、そうですね。ああ、「はてなちゃん」と呼ぶと、しっぽをふるんです。とってもかわいいんですよ。

B：　そうですか。名前を呼ぶと、しっぽをふるんですね。

A：　ええ…あのう、見つかるでしょうか。

B：　そうですね。こちらでも捜してみますが、ペットの写真や絵をポスターにしていろいろなところに張ったほうがいいでしょうね。写真を持って来てくれますか。

A：　わかりました。じゃ、さっそく持ってきます。

B：　それから、見つかった場合はすぐ連絡しますから、連絡先も教えてください。

A：　はい、じゃ、うちの電話番号をお知らせしておきますので、よろしくお願いします。

【評価のポイント】

・迷子などを捜してほしいと依頼する際に、いつ、どこで、だれが、どんな状況でいなくなったかが説明できたか。

・人物、ペットなどの描写は全体的なことから個別のことへわかりやすく説明できたか（例：性別、年齢、体型、髪型や顔だち、服装、持ち物、付加情報の順に言える）。

・見つかったときの連絡先などについて確認できたか。

Ⅴ．読む・書く　「科学者ってどう見える？」

【目標】

① 　世界の子どもが持つ科学者に対するイメージを読み取る。

② 　・各国の子どもがかいた絵の説明文とその絵を照合しながら読む。
　　　・接続表現の前後の文章がどんな関係にあるか読み取る。

③ 　「科学技術と人間」というテーマの原稿を書き、スピーチする。

1．考えてみましょう

1）この絵は本文でも取り上げられているインドの少女がかいた科学者の絵である。本文を読めばその答えはわかるが、このコーナーでは学習者が思うことを自由に話させるだけでよい。

2）自分が知っている科学者の写真を持ってくるようあらかじめ指示しておき、それを見せながら紹介させてもよい。

2．ことばをチェックしましょう

科学者*、イメージ*、国際調査*、違い*、途上国、先進国、プラス、マイナス、共通、関心、多様化

3．読みましょう／4．答えましょう

　世界の子どもは科学者にどのようなイメージを持っているのか、32か国の15歳の子どもを対象に行った国際調査について述べた文章である。子どもたちが描いた科学者のイメージ像から彼らの抱く科学者像が国情の違いによって異なることを理解する。

【手順・留意点】

1．a～fの絵を見て、その特徴を考えさせ、自由に説明させる。

2．読むときのポイントに示してあるタイトル「科学者ってどう見える？」の答えに該当するところに下線を引くように指示してから、黙読させる。時間は4分程度。

3．答えましょう1）をする。

4．答えましょう2）の問題を読み、絵とイメージ、それぞれの①～③について読み取るよう言い、黙読させる。その後、答えさせる。必ず表に書き込ませ、自分が理解していることをしっかり確認させる。

5．読むときのポイントの2つ目のタスクを行う。「反対に」とは何と反対に何がどうなのか、「その理由について」の「その」とは何を指し、どんな意見があるか、考えながら再度黙読させる。

6．答えましょう3）4）をし、答えを確認する。正答の場合も誤答の場合も、その根拠となる本文を言わせる。

7．CDを聞き、その後音読の練習をする。

5．チャレンジしましょう

　科学技術の発展でわれわれが得たもの失ったものについて、身近な日常生活の側面から考える。また、「科学技術と人間」というテーマでスピーチ原稿を書き、大勢の前で発表できるようになることを目指す。

1）①　生活が豊かになった例

　　・インターネットが普及したことによって、いろいろな情報をすぐに得ることができるようになった。

　　・高速の乗り物の開発により、短時間で遠くまで行けるようになった。

　　②　ダメージを受けた例

　　・自動車エンジンから排出されるCO_2などにより世界中の気温が上がり、動物や植物などに変化が起こっている。

・工場などから汚水が川に流され、魚などを食べた人が病気になっている。

2）【手順】

1．スピーチとして内容が希薄なものにならないように話題を絞らせる。そのためには、具体的な問題提起ができるように、1）で挙げた例などから1つだけ取り上げさせ、以下の点について考え、メモを取らせる。

　　① その科学技術が与えたダメージを少なくとも3例

　　② そのダメージの具体的な解決法

　　③ ②でメモした解決法について共通して言えること

　　④ 生活が豊かになった例

　　　課題はダメージを与えないようにするために意見を述べよとなっているが、内容の客観性を保つためには両方の視点から考えさせることが重要である。

　　⑤ 結論として主張したいこと

2．メモにもとづき「です・ます体」で原稿を書く。

3．原稿にもとづきスピーチする。

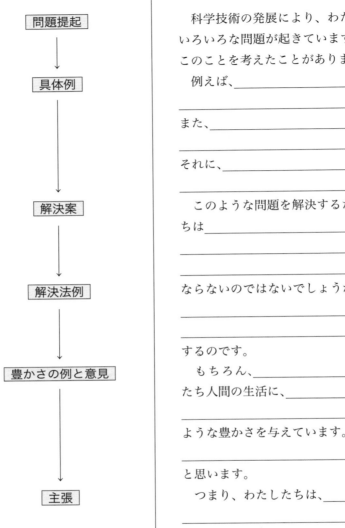

問題提起

↓

具体例

↓

解決案

↓

解決法例

↓

豊かさの例と意見

↓

主張

　科学技術の発展により、わたしたちの生活に
いろいろな問題が起きています。みなさんは、
このことを考えたことがありますか。
　例えば、＿＿＿＿＿＿＿＿＿＿＿＿＿＿＿＿
＿＿＿＿＿＿＿＿＿＿＿＿＿＿＿＿＿＿＿＿。
また、＿＿＿＿＿＿＿＿＿＿＿＿＿＿＿＿＿＿
＿＿＿＿＿＿＿＿＿＿＿＿＿＿＿＿＿＿＿＿。
それに、＿＿＿＿＿＿＿＿＿＿＿＿＿＿＿＿＿
＿＿＿＿＿＿＿＿＿＿＿＿＿＿＿＿＿＿＿＿。
　このような問題を解決するために、わたした
ちは＿＿＿＿＿＿＿＿＿＿＿＿＿＿＿＿＿＿＿
＿＿＿＿＿＿＿＿＿＿＿＿＿＿＿＿＿＿＿＿＿
＿＿＿＿＿＿＿＿＿＿＿＿＿＿＿＿＿＿＿＿＿
ならないのではないでしょうか。具体的には、
＿＿＿＿＿＿＿＿＿＿＿＿＿＿＿＿＿＿＿＿＿
＿＿＿＿＿＿＿＿＿＿＿＿＿＿＿＿＿＿＿＿＿
するのです。
　もちろん、＿＿＿＿＿＿＿＿＿は、わたし
たち人間の生活に、＿＿＿＿＿＿＿＿＿＿＿＿
＿＿＿＿＿＿＿＿＿＿＿＿＿＿＿＿＿＿＿＿＿
ような豊かさを与えています。しかし、＿＿＿
＿＿＿＿＿＿＿＿＿＿＿＿＿＿＿＿＿＿＿＿＿
と思います。
　つまり、わたしたちは、＿＿＿＿＿＿＿＿＿
＿＿＿＿＿＿＿＿＿＿＿＿＿＿＿＿＿＿＿＿＿
＿＿＿＿＿＿＿＿＿＿＿＿＿＿＿＿＿＿＿＿。

第9課

Ⅰ．目標

話す・聞く	・買いたい物についての希望や条件を伝える
	・違いを比較し、買いたい物を選ぶ

読む・書く	・事実を正確に読み取る　・筆者の意見を読み取る

Ⅱ．学習項目

	話す・聞く 「どこが違うんですか」	読む・書く 「カラオケ」
本文内容	・ミラーさんが店員と話しながら電子辞書を選ぶ。	・井上大佑さんがカラオケを発明したきっかけとその後。
文法項目	1．お〜ます です（尊敬） 2．〜てもかまわない 3．…ほど〜ない・…ほどではない 　　（比較）	4．〜ほど〜はない／いない（比較） 5．…ため［に］、…・…ためだ 　　（原因・理由） 6．〜たら／〜ば、〜た（反事実的用法）
新出語 ＊固有名詞	文法・練習　決まる　済む　印鑑　サイン　性能　タイプ　機能　平日　将棋　自慢する　豚肉　牛肉　バレーボール　気温　降水量　月別　平均　予防注射 話す・聞く　シンプル［な］　書き込み　検索　例文　ジャンプ機能　ジャンプ　商品　〜社　国語辞書　和英辞書　載る［例文が〜］　シルバー　付け加える　編集する　しっかり　留守番をする　柄	文法・練習　国々　都市　入国する　資源　とれる［米が〜］　大雪　乾燥する　道路　どんどん　最後　生きる　誕生　実現する　金メダル　金　メダル　バスケットボール　選手 ＊ドラえもん　アインシュタイン 読む・書く　共通語　演奏　特許　倒産　大金持ち　誇る　表れる　今では　TSUNAMI　影響　有名人　録音する　ヒント　貸し出す　ところが　競争　性別　地域　関係なく　娯楽　［お］年寄り　仲間　心　治す　単なる　きっかけ　交流協会　広報誌　暮らし　役立つ　参加者 ＊タイム　ガンジー　毛沢東　黒澤明　井上大佑　8ジューク　曲がるストロー　プルトップリング
会話表現	・こうやって ・**〜だけじゃなくて、〜のがいいんですが…。** ・それでしたら、〜（の）がよろしいんじゃないでしょうか。 ・ほとんど変わりませんね。 ・**〜で、〜はありませんか。**	
学習漢字		選　演　録　喜　喫　許　競　負　倒　齢　域　係　寄　仲　治 紀　影　響　奏　誕　娯　誇

Ⅲ．文法・練習

1. お～ますです

　　動詞の「～している」の尊敬語の形です。現在継続中の動作や、動作が終わって
　結果が残っている状態の尊敬語として使われます。
　　① 　何をお読みですか。 ＝ 何を読んでいますか。
　　② 　いい時計をお持ちですね。 ＝ いい時計を持っていますね。
　状態動詞の場合は現在の状態の尊敬語として使われます。
　　③ 　時間がおありですか。 ＝ 時間がありますか。
　また、往来発着を表す動詞の場合は、状況によって未来・過去の動作の尊敬語と
　して使われることもあります。
　　④ 　部長は何時にお着きですか。 ＝ 部長は何時に着きますか。
　　⑤ 　（夕方、隣の家の人に会って）今、お帰りですか。 ＝ 今、帰りましたか。
　なお、次の動詞の場合は特殊な形になります。
　　⑥ 　行く・いる・来る　→　おいでです
　　　　来る　→　お越しです・お見えです
　　　　食べる　→　お召し上がりです
　　　　着る　→　お召しです
　　　　寝る　→　お休みです
　　　　住んでいる　→　お住まいです
　　　　知っている　→　ご存じです

　　参考　「お・ご～」　　『日本語文法演習 敬語を中心とした対人関係の表現－待遇表
　　　　　　　　　　　　現－』p.22

　「お見えです」は「来ています」の尊敬語の形ですが、「来てください」は「お見
　えください」ではなく「お越しください」という形になります。

【練習の留意点とヒント】
◇例文1）～3）はそれぞれ丁寧体にすると1）「～ます」、2）「～ています」、3）「～
　ました」の形になるものを挙げた。
　1）戻りますか　　2）待っています　3）決まりましたか
◇「お～です」が、「～ます」「～ています」「～ました」のどの意味を表すかは文脈に
　よって判断される。
　「練習1」は「～ます」「～ています」「～ました」を「お～です」の形にして言う練習、
　「練習2」は「お～ですか」の質問に「～ます」「～ています」「～ました」のどれで

あるかを判断して答える練習である。

学習者にとって同じ「お～です」の形がその場面の中でどの意味で使われているかを正しく理解するのは難しいかもしれない。「聞いてわかる」ための練習を十分にする。

◇理解のはやいクラスでは「お～です」と「お～します」を組み合わせた次のような練習をしてもよい。「～でしたら」は「丁寧形＋たら」の形であることを説明してから練習する（第4課で「～ましたら（丁寧形＋たら）」を学習済み）。

> 例：・急いでいます／タクシーを呼びます
>
> 　　→ お急ぎでしたら、タクシーをお呼びしますが…。
>
> ・何か困っています／お手伝いします
>
> 　　→ 何かお困りでしたら、お手伝いしますが…。
>
> ・注文が決まりました／聞きます
>
> 　　→ ご注文がお決まりでしたら、お聞きしますが…。
>
> ・食事が済みました／コーヒーを用意します
>
> 　　→ お食事がお済みでしたら、コーヒーをご用意しますが…。
>
> ・何か希望があります／伺います
>
> 　　→ 何かご希望がおありでしたら、お伺いしますが…。

2. 　　| ～てもかまわない |

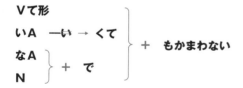

> 「～てもかまわない」は許可を与えること、許容することを表します。疑問文では許可を求める表現になります。「～てもいい」と同じですが「～てもいい」より硬い表現です。
>
> ①　ここに座ってもかまいませんか。
> ②　間に合わなかったら、あしたでもかまいません。
>
> 参照 「～てもいい（許可）」：写真を撮ってもいいです。
>
> （☞『大家的日本語初級Ⅱ』第15課）
>
> 参考 「～てもいい」　『初級を教える人のための日本語文法ハンドブック』p.159–160
> 「～てもかまわない」は「～てかまわない」と置き換えられません。
>
> ・ここに {○座っても／×座って} かまいませんか。
> ・間に合わなかったら、{○あしたでも／?? あしたで} かまいません。

ただし、「～てもいい」「～ていい」という形と置き換えられることのほうが多いです。「～てもいい」が「～ていい」と置き換えられないのは、①のような疑問詞といっしょに用いる場合や②のような意志を表す場合だけです。

① いつ {○来ても／×来て} いいです。
② A：今夜一緒にパーティに行かない？
　 B：{○行っても／×行って} いいよ。

【練習の留意点とヒント】

◇例文、「練習」では「～てもかまいませんか」という疑問文を扱っていないが、疑問文にすると応答は次のようになる。

　　例：ここに座ってもかまいませんか。

　　　…いいですよ。どうぞ。

　　　…すみません。あとから人が来ますので。

学習者から質問があれば「いいえ、かまいます」という言い方はないこと、またはっきり拒否する場合（例：いいえ、だめです）以外は、「すみません」「申し訳ありません」「ちょっと…」などを使って受け入れられないことを伝え、理由も言う場合が多いことを説明する。

◇テキストの「練習」は丁寧体だけなので、普通体の会話で、「～てもかまわない？」を使って相手に許容・許可を求める練習をしてもよい。

　　例：「結婚したら～てもかまわない？」

下記のような質問シートを作り、恋人同士になって聞き合う。シートの質問以外に、学習者自身が相手に要望したいことを質問欄に書かせる。「ううん」の場合はその理由も言うようにするとよい。また、聞き終わったら、相手と結婚するかどうか、どうしてそう決めたか発表させるとよい。

「結婚したら～てもかまわない？」

質　　　問	うん…○　　　　ううん…×
給料（ボーナス）を自由に使う	
友達と遊んで、うちへ帰るのが遅くなる	
日曜日の夜は外食にする	

◇テキストの「練習」の発展練習として、次のような場面で「～ば～てもかまわない」を使って、「どうしても目的を果たしたい、あるいは切羽詰まった状況なので、1

つの条件さえ満たされれば他のことは受け入れる」ことを言う練習をしてもよい。
教師が「切羽詰まった状況」を設定する。第７課で学習した「〜なくてもかまわない」も使うとよい。

　　例１：あなたは不動産屋でアパートを探しています。早く決めたいです。
　　　　・駅に近ければ、うるさくてもかまわない。
　　　　・家賃が安ければ、古くてもかまわない。
　　例２：あなたは仕事を探しています。何とか就職したいです。
　　　　・１週間に２日休みがあれば、残業が多くてもかまわない。

3. | …ほど〜ない・…ほどではない（比較） |

（1）N
　　　V普通形 ｝ ほど ｛ いA　ーい → く ＋ ない
　　　　　　　　　　　　 なA　ーだ → ではない

（2）N
　　　V普通形 ｝ ほどではない

（1）「AはBほどXではない」は、AもBもXであるが、比較するとAのほうがBよりXでない、ということを表します。
　　① 中国は日本より広いが、ロシアほど広くはない。
　　② 八ヶ岳は有名な山だが、富士山ほど有名ではない。
　　③ 田中先生は厳しいですか。
　　　…ええ、でも、鈴木先生ほど厳しくないですよ。
「思ったほど」「考えていたほど」などBに「V普通形」が来ることがあります。
　　④ このレストランは人気があるそうだが、料理は思ったほどおいしくなかった。
（2）Xが省略されることもあります。
　　⑤ 10月に入って少し寒くなったが、まだコートを着るほどではない。

【練習の留意点とヒント】

◇「ほど」は程度を表すことばで、この文型は程度に大きな差がない（が、比較すれば〜のほうが〜）ということを言いたいときに使う。導入は、同じ事実を「AはBより〜（例：牛肉は豚肉より高い）」ではなく「BはAほど〜ない（豚肉は牛肉ほど高くない）」と言うべき場面や状況を示し、発話意図を理解させる。

　例：「同程度であるがベターなほうを勧める」会話
　　A：一度ディズニーランドに行ってみたいんですが、いつも込んでいて、長い時間待たなければならないそうですね。

　　　　Ｂ：そうですね。でも、平日は休日ほど込んでいないから、行くなら平日がい
　　　　　　いですよ。
◇「ＡはＢほど〜ない」のＢが比較の基準であること、また文末は否定の形であるが
　　「Ａは〜ない」の意味ではないことを押さえておく。

　　　　平日は休日ほど込んでいません　→「平日は込んでいません」の意味ではない。

◇「練習３」例２から、来日前と来日後の日本の印象について話す。日本についての
　　ステレオタイプな見方や情報と実際とがどう違ったかを話してもらう。

　　　例：日本では大体英語が通じると思っていましたが、思っていたほど通じません
　　　　　でした。

4.　**〜ほど〜はない／いない（比較）**

　　Ｎほど $\left\{ \begin{array}{l} \text{いＡ} \\ \text{なＡ　ーな} \end{array} \right\}$ Ｎ　＋　はない／いない

　　「ＸほどＹはない／いない」は、「Ｘが一番Ｙ」という意味です。
　　　①　スポーツのあとに飲むビールほどおいしいものはない。
　　　②　田中さんほど仕事がよくできる人はいません。
　　　③　この島で見る星ほど美しいものはありません。
　　　④　田中先生ほど親切で熱心な先生はいない。
　　　⑤　アジアで『ドラえもん』ほどよく知られている漫画はありません。

【練習の留意点とヒント】

◇話し手が主観的に「〜がいちばん〜だ」と思い、それを強調して言いたいときに使
　　う。客観的な事実を言うときは使えない。次のような例を示して、誤用がでないよ
　　うに指導する。

　　　　○富士山ほど美しい山はない。

　　　　×富士山ほど高い山はない。→　○日本の山で富士山がいちばん高い。

◇クラスに多国籍の学習者がいる場合は自分の国や町の自慢をし合って、お互いにク
　　ラスメートの国への理解を深めるとよい。

　　　例：・世界で中国の九寨溝（きゅうさいこう）ほどきれいなところはありません。

　　　　　・韓国料理のサムゲタンほどおいしい料理はありません。

　　　　　・スーパーマンほど有名なヒーローはいません。

5. …ため［に］、…・…ためだ（原因・理由）

> 「Xために、Y」は、Xが原因・理由となってYが起こったということを表す書きことば的な表現です。「から・ので」より硬い文章で使われます。結果Yを先に述べて原因・理由であるXを述語に表す場合には、「Y（の）はXためだ」となります。
>
> ① 大雪が降ったために、空港が使えなくなりました。
> ② 空港が使えなくなったのは、大雪が降ったためです。
>
> [参考]　「〜ために」　　　　　『初級を教える人のための日本語文法ハンドブック』p.214
> 　　　　「〜ために」『中上級を教える人のための日本語文法ハンドブック』pp.412–415
> 原因・理由を表す「〜ために」は①のような無意志動詞にも、②のような意志動詞にも接続します。
> ① 台風が来たために、学校が休みになった。（無意志動詞）
> ② 友達が来たために、宿題ができなかった。（意志動詞）
> 「ために」は目的を表すこともあります。ただし、目的を表す場合は③の「大学に入る」のような意志動詞に接続する場合にかぎられます。
> ③ 大学院に入るために、一生懸命勉強しました。

【練習の留意点とヒント】

◇『進階Ⅱ』第42課で「目的」の「…ため［に］」を学んでいる。

「…ため［に］」が「原因・理由」の意味か「目的」の意味かは文脈によって判断される。学習者にとって難しい判断ではないが、次のような例文を示して、確認しておくとよい。

① 家具を買うために、お金を貯めている。（目的）
　 高い家具を買ったために、今月は生活費が足りなくなった。（原因・理由）
② 修理のため、ガス会社の人に来てもらった。（目的）
　 修理のため、このトイレは使用禁止です。（原因・理由）

6. ～たら／～ば、…た（反事実的用法）

Ｖたら／Ｖば、…た

いＡ　－い　→　かったら／ければ、　　　
なＡ　　　＋　だったら／なら、　　　　｝…た

実際には起こらなかったことについて、もしそのことが起こっていた場合にはど
うだったのかということを仮定して述べる表現です。文末には推量を表す表現や
「のに」が来ます。
　①　もし昨日雨が降っていたら、買い物には出かけなかっただろう。
　②　お金があれば、このパソコンが買えたのに。

　参照　「～たら（仮定）」：お金があったら、旅行します。
　　　　「～たら（将来起こることが確実なこと）」：
　　　　・10時になったら、出かけましょう。　　　（☞『大家的日本語初級Ⅱ』第25課）
　　　　「～ば（条件）」：
　　　　・ボタンを押せば、窓が開きます。　　　（☞『大家的日本語進階Ⅰ』第35課）

　参考　「反事実的条件を表すもの」
　　　　　　　　　　『中上級を教える人のための日本語文法ハンドブック』pp.403-404
後件の述語は、仮定条件を表す場合は①のように辞書形になりますが、反事実的
条件を表す場合は②のように「た」「ていた」になることが多い。
　①　日本に留学したら、日本語が上手になるだろう。（仮定条件）
　②　日本に留学していなかったら、彼女と結婚していなかっただろう。（反事
　　　実的条件）
「反事実的条件」　　　　　　『日本語文法演習　ことがらの関係を表す表現－複文』pp.6-7
また、前件の述語は③のように状態性になることが多い。
　③　休みがあったら、温泉にでも行くのに。

【練習の留意点とヒント】
◇文末に「のに」や「が」をともなって、実際には起こらなかったことを残念に思っ
　たり、後悔する気持ちを表すときによく使われる。
◇歴史上の事実をもとに、そのことがなかったらどうであったかいろいろ考えてみる
　のもおもしろい。
　　例：クレオパトラの鼻がもう少し低かったら、世界の歴史は変わっていただろ
　　　　う。
◇「練習１」「練習２」はどちらも残念に思うことが述べられているが、反対に起こら
　なくてよかったと思うことを言うときにも使われる。

例：乗る予定だった飛行機が墜落した。

　　→　あの飛行機に乗っていたら、死んでいたかもしれません。

　　入社試験に失敗した会社が倒産した。

　　→　あの会社に入っていたら、今ごろまた就職活動をしていたと思います。

Ⅳ. 話す・聞く　「どこが違うんですか」

【目標】

> ①　買いたい物についての希望や条件を詳しく伝える。
> ②　商品の違いを尋ね、買いたい物を上手に選ぶ。

・学習者の中には、買い物での交渉と言えば値引きの交渉をまず考える人がいるが、日本のデパートでは付いている値段での販売がほとんどである。また、他の小売店、量販店などでも表示価格での販売が原則で「値段の交渉」をする余地は少ない。

・日本では、商品知識をしっかり持った店員が多く、買い物のときには店員にいろいろ聞くとよい。

1. やってみましょう

タスクをする前に、携帯電話にはどんな機能があるか、自分が携帯電話を選ぶときはどういうところをチェックするか、よく使う機能は何かなどを聞いてみる。

2. 聞いてみましょう

登場人物：電気製品の店の店員

　　　　　　ミラー（IMC 社員）

場　　面：電気製品の店で

　　　　　（CD を聞く前に『中級Ⅱ』の「表」(P.73) に書いてあることを確認するよう指示する）

3. もう一度聞きましょう

・それでしたら

　　相手の言ったことを受けて、提案したりアドバイスしたりするときに使う。

　　「それなら」(『進階Ⅰ』第 35 課「会話」) の丁寧な形である。

・今よく売れてますし

　　『進階Ⅰ』第 28 課で「…し…し」は普通形に接続すると学習しているが、丁寧に話すときは丁寧形も使われる。

・こうやって

　　使い方や操作の仕方を実際にやりながら説明するときに言う。

・（〜がよろしい）んじゃないでしょうか

　　第5課で学習した「〜んじゃない？／〜んじゃないですか」の丁寧な言い方。

・ほとんど変わりませんね

　　この「変わらない」は「違いがない」の意味。

・ございます

　　「あります」の丁寧語。『進階Ⅱ』第50課で学習しているが、確認しておく。

4．言ってみましょう

・終助詞「ね」が多く出てくるが、イントネーションに留意する。

　　　a．……漢字の検索方法ですね。

　　　b．便利ですね。

　　　c．……例文が少ないですね。

　　　d．ほとんど変わりませんね。

同意を表したり、相手に同意を求めたりするとき（b、c）、また話し手の意見や考えを柔らかく相手に伝えるとき（a、d）に「ね」をつけ、下降イントネーションで言う。

5．練習をしましょう

1）〜だけじゃなくて〜のがいいんですが

　　相手が示したいいところ（利点）にさらに話し手の希望や条件を付け加えて述べる。

　　　　例：（1）（2）○客　　　●店員

2）〜で〜はありませんか

　　この「で」は範囲の限定を表す。買い物の際に、1つの条件を限定した上で、その他の希望を述べる言い方である。

　　　　例：（1）（2）○客　　　●店員

　　便利な表現なので、練習を買い物以外の場面に発展させてもよい。

　　　　例：旅行社の人と話しながら旅行プランを練る。

　　　　　・1泊1万円までで昼食もついている旅館はありませんか。

6．会話をしましょう

イラスト	会話 （ゴシック体は使ってほしい表現）	会話の流れ
[電気製品の店で] 1）	店　員：　電子辞書をお探しですか。 ミラー：　ええ。日本語の勉強に使うんですが……。ことばの意味と漢字の読み方を調べたいんです。 店　員：　それでしたら、このフラット社のがいいと思いますよ。今よく売れてますし。	〈客に声をかける〉 何に使うか言う 〈商品を勧める〉
2）	ミラー：　さっきあちらのキャロン社のを見てたんですが、そのフラット社のとどこが違うんですか。 店　員：　そうですね。いちばんの違いは漢字の検索方法ですね。フラット社のはこうやって画面に漢字を書くと、読み方や意味を調べることができるんです。 ミラー：　便利ですね。 店　員：　ええ、それに、ジャンプ機能も付いています。例えば、国語辞書から和英辞書へジャンプして調べることもできるんですよ。 ミラー：　でも、そのフラット社のは例文が少ないですね。意味の説明**だけじゃなくて**、例文がたくさん載っている**のが欲しいんです**。ほかにいいの、ありませんか。	2つの商品の違いを聞く 〈違いを説明する〉 〈さらに商品の特徴を説明する〉 希望を言って他の商品を見せてもらう
3）	店　員：　例文ですか。入っている辞書の数はこれより少なくてもかまいませんか。 ミラー：　ええ。必要な辞書が入っていれば。 店　員：　それでしたら、トップ社のがよろしいんじゃないでしょうか。フラット社ほど辞書の数は多くないんですが、例文は多いですよ。	〈お客さんの希望に合った別の商品を勧める〉
4）	ミラー：　そうですか。そのトップ社の機能はフラット社のと比べると、どうですか。 店　員：　ほとんど変わりませんね。書き込み検索もできるし、ジャンプ機能もあるし。 ミラー：　そうですか。そのトップ社**の**で、ほかの色**はありませんか。** 　　　　　………… 店　員：　はい、こちらにいろいろございます。 　　　　　………… ミラー：　じゃ、そのシルバーのにします。 店　員：　ありがとうございます。	前の商品と比較して違いを聞く さらに商品の希望を言う 買う

※　指示語が多く出てくるので電子辞書（あるいは電子辞書に見立てたもの）を３台
　　用意し、どの辞書について話しているのかがわかるようにして練習する。

7. チャレンジしましょう

【ロールプレイ】

・デパートで店員とやり取りしながら希望にあったかばんを買う。

・自作の副教材を準備する。

　　紙を二つ折りにして外側にかばんの絵を描きメーカー名を書いておく。内側には
　　Ｂがそれを見ながら説明できるようにそのかばんの特徴を書いておく。

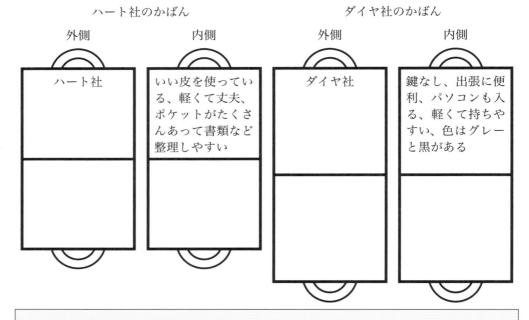

ハート社のかばん　　　　　　　　　　　　ダイヤ社のかばん

外側　　　　　　　　内側　　　　　　　　外側　　　　　　　　内側

ハート社

いい皮を使ってい
る、軽くて丈夫、
ポケットがたくさ
んあって書類など
整理しやすい

ダイヤ社

鍵なし、出張に便
利、パソコンも入
る、軽くて持ちや
すい、色はグレー
と黒がある

［デパートのかばん売り場で］　　　　　　　　　　　　　　　ロールカードＡ

Ａ：客

Ｂ：デパートのかばん売り場の店員

あなたはＡです

次のようなかばんが欲しいのでデパートへ買いに来ました。

　　２泊３日ぐらいの短い出張に持って行く

　　書類や服以外にパソコンが入れられる

　　鍵はなくてもいい、軽いかばん、色は黒

・エース社のかばんを見ていると、店員に声をかけられました。店員にいろいろ聞いて、
　自分の希望に合ったかばんを買ってください。

［デパートのかばん売り場で］　　　　　　　　　　　　　ロールカードB

A：客

B：デパートのかばん売り場の店員

あなたはBです

・お客さんがかばんを見ているので声をかけてください。

・お客さんの希望を聞いて、まずハート社のかばんを勧めてください。

・鍵が必要かどうか聞いて、次にダイヤ社のかばんを勧めてください。

【会話例】

B：　旅行かばんをお探しですか。

A：　ええ。短い出張に持って行くかばんが欲しいんですが……。

B：　それでしたら、このハート社のがいいと思いますよ。

A：　今、このエース社のを見ていたんですが、そのハート社のとどこが違うんですか。

B：　そうですね。いちばんの違いは皮ですね。ハート社のはとてもいい皮を使っているので、軽くて丈夫です。

A：　ほんとだ。軽いですね。

B：　それに、ポケットがたくさんあって書類も整理しやすいですし。

A：　でもこれ、ちょっと小さいですね。書類だけじゃなくてパソコンも入れられるのが欲しいんです。他にいいの、ありませんか。

B：　パソコンですか……。鍵がついていなくてもかまいませんか。

A：　ええ。

B：　それでしたら、このダイヤ社のがよろしいんじゃないでしょうか。ハート社のほどポケットは多くないのですが、出張には便利ですよ。

A：　重さはハート社のと比べると、どうですか。

B：　あまり変わりませんね。これも軽くて持ちやすいですよ。

A：　そうですか。これと同じかばんで、黒はありますか。

B：　はい。ございます。

A：　じゃ。それにします。

B：　ありがとうございます。

【評価のポイント】

・2つのかばんの違いが聞けたかどうか。

　　例：〜とどこが違うんですか

・自分の希望を伝えて、ほかの商品を見せてもらったかどうか。

　　例：〜がほしいんです。ほかにいいの、ありませんか

・かばんの重さについて、他社との違いを聞けたかどうか。

　　例：重さは〜のと比べるとどうですか

・色の希望を言えたかどうか。

例：～で、黒はありますか

Ⅴ．読む・書く　「カラオケ」

【目標】

① カラオケ誕生の経緯と世界におけるカラオケの使用状況を理解する。
② 事実と筆者の意見を区別して読み取る。
③ 国際交流のための広報誌用の記事を書く。
④ 会議の場で日常生活に密着した特許商品を紹介する。

1．考えてみましょう

多くの学習者にとってカラオケは馴染みのあるものと思われるが、なぜ "KARAOKE" と言うのかまで知っている人は少ないだろう。次のような説明をしてもよい。

「カラオケは、歌が入っていない空っぽのという意味のカラとオーケストラ（orchestra）のオケとを組み合わせて作った語です。」

2．ことばをチェックしましょう

世界共通語、演奏、特許、倒産、大金持ち、文化*、誇る

3．読みましょう／4．答えましょう

世界に広く普及しているカラオケの誕生の経緯と使用状況を４W１H（いつ、どこで、だれが、何を、どうした／その後どうなった）によって把握し、カラオケに対する筆者の思い、考えを読み取る。

【手順・留意点】

1．読むときのポイントのタスクにしたがい、「実際にあったこと＝事実」と「筆者の思い、考え＝意見」が述べられている箇所を探しながら、黙読させる。時間は４分程度。

2．「事実」の文章のうち、カラオケを作ることになったきっかけが書いてある文章と、カラオケ誕生の時とその後のことが書いてある文章に注目して、再度読ませる。その際「いつ、どこで、だれが、何を、どうしたか、どうして」を述べた箇所に下線を引くように指示する。

〈カラオケを作ることになったきっかけ〉
　　いつ：ある日
　　どこで：神戸で
　　だれが：井上さんが
　　何をどうしたか：音の高さや速さをお客さんに合わせて録音をしてあげた
〈カラオケの誕生時とその後〉
　　いつ：1971年
　　どこで：神戸で
　　だれが：井上さんが
　　何を：演奏だけが入っている「8ジューク」という機械を
　　どうしたか：レストランや喫茶店に貸し出す会社を始めた
　　その後どうなったか：会社は倒産した
　　どうして：特許を取っておかなかった
　　　　　　ほかの会社との技術競争に負けてしまった

3．答えましょう2）をし、確認する。
4．答えましょう3）をする。意見や感想を述べる文が的確に探し出せていない場合は、文意から判断する方法のほかに「思う」「…かもしれない」「…のだ」といった文末表現が手がかりになることをヒントとして与える。
5．答えましょう1）をする。正答・誤答いずれの場合も判断の根拠となった箇所を示す。
6．CDを聞き、その後音読の練習をする。

5．チャレンジしましょう

1）自国と日本のカラオケの違い（機械・ソフトの違い、使用法、カラオケ店のつくりの違い等）に関する客観的な説明文とカラオケについての意見文が書けることを目指す。

【手順・留意点】

1．自国と日本のカラオケを比較し、下記の点で違いがあるかどうかを考えさせ、メモさせる。

　　どんなとき歌うか、どこ（カラオケボックスのような専門店、レストラン、ホテル、自宅、集会所など）で歌うか、だれと歌うか、何のために歌うか、歌詞が書いてある本やモニター画面を見ながら歌うか、モニターの画像には何が表示されるか、機械の形・サイズなど。

　　なお、日本のカラオケについても自国のカラオケについてもその実態をあまり知らない学習者がいる場合は、学習者自身にインターネット等を使って調べさ

せるとよい。そのような学習環境にない場合は教師が写真等を用いて説明する。

2．自国と日本のカラオケの違いを含め、カラオケについてどう思うか、自分の意見をメモさせる。

3．下記の比較対照の表現を確認しておく。

「Aは…が、Bは…。」

「AはBと比べ…。」(第2課)」

「Aは…。反対にBは…。」(第8課)

「AはBほど…はない／いない。」(第9課)

4．次の文章の型に合わせ、「です・ます体」で記事を書かせる。読者は国際交流に関心を持つ日本人や外国人であることを前提とする。

話題導入 ↓	＿＿＿＿のカラオケについて知っていますか 　　　　　　　氏名＿＿＿＿＿＿
自国と日本の カラオケの違いを 説明	＿＿＿＿のカラオケについて、みなさんご存じでしょうか。 ＿＿＿＿と日本のカラオケには次のような違いがあります。 ＿＿＿＿＿＿＿＿＿＿＿＿＿＿＿＿＿＿＿＿ ＿＿＿＿＿＿＿＿＿＿＿＿＿＿＿＿＿＿＿＿ ＿＿＿＿＿＿＿＿＿＿＿＿＿＿＿＿＿＿＿＿ ＿＿＿＿＿＿＿＿＿＿＿＿＿＿＿＿＿＿＿＿。
↓	
カラオケに ついての意見	以上のような違いはありますが、カラオケは ＿＿＿＿＿＿＿＿＿＿＿＿＿＿＿＿＿＿＿＿ ＿＿＿＿＿＿＿＿＿＿＿＿＿＿＿＿＿＿＿＿ ＿＿＿＿＿＿＿＿＿＿＿＿＿＿＿＿＿＿＿＿ ＿＿＿＿＿＿＿＿＿＿＿＿＿＿＿＿＿＿＿＿。

2）多くの学習者は事例を知らないだろうから、宿題などにして調べさせる。

特許商品を調べる際には、だれが、なぜ、発明したのか、その使い方などについても調べるよう、また自分はその商品を使ってみたいかなど意見等も述べるように指示する。なお、商品を紹介するときはできるだけ写真や絵を持参するように言う。

74

【手順】

1. 「暮らしとアイディア」の会議の場面を設定する。学習者が多いクラスは少人数のグループに分けて会議を行う。

2. 自分が調べた商品について、写真等を示しながら下記の表現を使って紹介するように言う。

　　　例：わたしは、……というこの商品（写真を指しながら）について紹介いたします。

　　　　　この商品は、……が……ために発明したものです。

　　　　　使い方は、まず、……。次に、……。そして、……。

　　　　　この商品は……と思います。

　　　　　この商品について、何か質問はありませんか。

第10課

I．目標

話す・聞く	・誤解されたことに冷静に対応する
読む・書く	・違いを探しながら読む　・結論を読み取る

II．学習項目

	話す・聞く 「そんなはずはありません」	読む・書く 「記憶型と注意型」
本文内容	・自転車の置き場所のルールを守っていないという管理人の誤解を解く。	・心理テストでわかる失敗する人の2つのタイプと失敗を避けるためのアドバイス。
文法項目 ＊補足項目	1．（1）…はずだ（確信） 　　（2）…はずが／はない 　　（3）…はずだった	2．…ことが／もある 3．〜た結果、…・〜の結果、… 4．（1）〜出す（複合動詞） 　　（2）〜始める・〜終わる・〜続ける 　　　　（複合動詞） 　　（3）〜忘れる・〜合う・〜換える 　　　　（複合動詞） ＊…ということになる
新出語 ＊固有名詞	文法・練習　もうける［お金を〜］ 見かける　否定する　タイムマシン 宝くじ　当たる［宝くじが〜］ ワールドカップ　カエル　計画　実際	文法・練習　めったに　通じる［電話が〜］ 時間通りに　かかる［エンジンが〜］　鬼 怒る　CO$_2$　抽選　一等　投票 ［お］互いに ＊JR　沖縄県　マザー・テレサ　新宿
	話す・聞く　出す［修理に〜］　聞き返す てっきり　倉庫　プリンター 入る［電源が〜］　マニュアル　親しい 驚く　〜代［60〜］　誤解	読む・書く　記憶　型　〜型　落とし物 転ぶ　奇数　偶数　ぼんやりする あわて者　ミス　これら ヒューマンエラー　手術　患者　心理学者 おかす［ミスを〜］　うっかりミス うっかり　こういう　チェックリスト 手がかり　一方　深く［〜呼吸する］ 指　聖人君子　うそつき　または　エラー 困った人　完成する つながる［出来事に〜］　出来事　不注意 引き起こす ＊リーズン
会話表現	・どういうことでしょうか。 ・そんなはずはありません。 ・てっきり〜と思っていました。 ・気を悪くする ・わかってもらえればいいんです。	
学習漢字		型　財　酒　交　故　原　因　飛　庭　活 果　番　号　準　備　偶　深　指　認　操 君　困 憶　患　奇　聖

Ⅲ．文法・練習

1．（1）　 …はずだ

```
V  ┐
いA ├  普通形 ┐
なA    普通形  │
      ーだ → な ├ ＋  はずだ
N     普通形    │
      ーだ → の ┘
```

「…はずだ」は計算、知識、論理にもとづいて話し手が強く確信していることを表します。
　①　飛行機で東京まで１時間だ。２時に大阪を出発すれば３時には着くはずだ。
　②　薬を飲んだから、もう熱は下がるはずだ。
　③　子どもが８人もいたから、生活は楽ではなかったはずだ。
「はず」は名詞と同じように、「はずなのに」「はずの」「そのはず」というように使います。
　④　山田さんは来ますか。
　　　…はい、そのはずです。

参照　「…はずだ」：
　　　・ミラーさん今日来るでしょうか。
　　　　…来るはずですよ。昨日電話がありましたから。

（☞『大家的日本語進階Ⅱ』第46課）

参考
「Vたはずだ」も「Vた」ということを計算、知識、論理にもとづいて話し手が強く確信していることを表します。
　　Ａ：さっき田中さんを駅で見ましたよ。
　　Ｂ：田中さんは仕事でヨーロッパへ行ったはずですが…。
「はずだ」　　　　　　　　『中上級を教える人のための日本語文法ハンドブック』p.210
強く確信していることでも直感的な場合には「はずだ」が使えません。そのような場合は、「にちがいない」を使います。
　　　・一目見ただけで「私は彼と結婚する {にちがいない／？はずだ}」と感じた。

【練習の留意点とヒント】
◇「…はずだ」は通常定着しにくく、運用に至りにくい表現である。導入に際しては
　『進階Ⅱ』第46課導入を繰り返すくらいの取り組みがいいだろう。

◇『進階Ⅱ』第46課では接続を次の範囲に絞って練習している。

動詞辞書形
動詞ない形ない
い形容詞　　　　　　　　　はずだ
な形容詞な
名詞の

したがって、ここではまず『進階Ⅱ』第46課で扱わなかった接続の形（過去形＋はずだ）を取り上げ、その後「はずだ」の後ろにいろいろなものが接続する場合（はずなので、はずなのに）を練習するとよい。

◇「…はずだ」の意味・用法には話し手の判断・推測のほかに、「寒いはずだ。雪が降っている」のように、話し手が不審を抱いたことを、合点の行く説明により納得する表現もあるが、ここでは扱わない。

◇「練習」の前に、「開ける・閉める・開く」「つける・消す・つく」「出す・しまう・出る」の自動詞・他動詞を練習しておくのがよい。

この「練習」は、話し手が当然そうだと思っていたことが現実と違っており、話し手の後悔、不審の念を表している。

1.（2） …はずが／はない

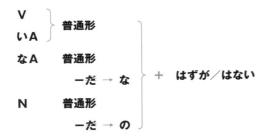

「はずがない／はずはない」は「はずだ」の否定の形で、「〜あり得ない、可能性がない」という意味です。根拠にもとづいて強く否定します。
　① あんなに練習したんだから、今日の試合は負けるはずがない。
　② 人気がある映画なのだから、おもしろくないはずはありません。
　③ 階段の前に1週間前から赤い自転車が置いてある。ワットさんも赤い自転車を持っているが、今修理に出してある。だからこの自転車はワットさんの自転車のはずがない。
なお、相手の発言を「それは事実ではない」という気持ちで強く否定する場合は、「そんなはずはない」を使います。
　④ かぎがかかっていなかったよ。
　　…そんなはずはありません。

ほとんどの場合、「はずがない」は「はずはない」と置き換えられます。

  ⑤ 田中さんがパーティーをしようと言い出したのだから、来ない {はずがない／はずはない}。

> 参考
> 「はずがない」　　　　　『中上級を教える人のための日本語文法ハンドブック』p.210–211
> 「はずがない」と「ないはずだ」はほぼ同じですが、「はずがない」のほうがやや強い否定です。
> ・田中さんは入院しているから、パーティーに {来るはずがない／来ないはずだ}。
> 「はずは（が）ない」　　　　　『日本語文法演習 話し手の気持ちを表す表現』p.18

【練習の留意点とヒント】

◇『中級Ⅱ』第7課4．（2）「練習1」を「はずがない」の根拠を考える応用練習とするのもおもしろい。

  例：彼が海外へ行くそうですよ。

   …えっ、彼が飛行機に乗るはずがありませんよ。

   彼は2階から下を見ただけで気分が悪くなるんですよ。

1.（3）　…はずだった

> 「…はずだった」は「…はずだ」の過去の形で、当然そうなると思っていたことを表します。思っていたことと異なる結果になった場合に用いられることが多いです。
> ① 旅行に行くはずだった。しかし、病気で行けなくなった。
> ② パーティーには出ないはずだったが、部長が都合が悪くなったので、わたしが出席することになった。
>
> 参照 「…はずだ」：ミラーさんは今日来るでしょうか。
>   …来るはずですよ。昨日電話がありましたから。
>
>   （☞『大家的日本語進階Ⅱ』第46課）

【練習の留意点とヒント】

◇「当然そうなると思っていたことが、異なる結果になった」ことを示す。自分のことであっても、自分の意志ではなく「そう決まっていた」「そういうことになっていた」「そういう予定だった」ということである。「練習」の「例：オリンピックに出るはずだったんですが、けがをして、出られなくなってしまいました」も「出ることになっていた／決まっていた」という意味で、自分の意志と違った結果になった場合は「出るつもりでしたが／出ようと思っていましたが、けがをして、出られなくなってしまいました」などとなる。

◇「が／のに／けれど」などをともない、話し手の意外感、後悔、失望などの気持ちが表される。

◇「運命の分かれ道物語」を作る応用練習も楽しいだろう。

　　例：忘れ物をして、乗るはずだった電車に乗り遅れ、教授との約束に遅れて行った。研究室にはもう一人学生がいた。わたしは教授に彼を紹介された。その日が運命の分かれ道。大学院に進むはずだったわたしは、彼と結婚して、今5人の子どもの母親になっている。

2. ┃…ことが／もある┃

```
V辞書形
Vない形　ーない
いA              ＋　ことが／もある
なA　ーな
Nの
```

（1）「ことがある・こともある」は「ときどきXが起こる・Xの状態になる」という意味です。

　　① 8月はいい天気が続くが、ときどき大雨が降ること｛が／も｝ある。

　　② 母の料理はいつもおいしいが、ときどきおいしくないこと｛が／も｝ある。

　　③ このスーパーはほとんど休みがないが、たまに休みのこと｛が／も｝ある。

（2）「ことがある」「こともある」はほとんどの場合、同じ意味で用いられます。

　　④ このエレベーターは古いから、たまに止まること｛が／も｝ある。

　　⑤ 彼女の電話はいつも長いが、たまには短いこと｛が／も｝ある。

　　⑥ うちの子どもたちはとても元気だが、1年に何度か熱を出すこと｛が／も｝ある。

> 参照　「Vた形 ＋ことがある（経験）」：
> ・わたしはパリに行ったことがあります。　　（☞『大家的日本語初級Ⅱ』第19課）

> 参考
> 「ときどきVが起こる」ということを並列する場合は、「〜こともある」を
> 用います。
> ・ケーキを作るのはまだ上手ではないので、成功することもあるし、失
> 　敗することもあります。
> 他にも同じようなことがあるというニュアンスを出したい場合も「〜こと
> もある」を用います。
> ・失敗する｛こともある／？ことがある｝よ。元気を出してね。

【練習の留意点とヒント】

◇導入は「〜たことがあります」と対比しながらするとよい。

　　例：Ａ：母は優しいです。怒ったことがありません。

　　　　Ｂ：本当？　絶対に？　一度も？

　　　　Ａ：うーん。いいえ…あります。1年に1回くらい、怒ることがあります。

◇副詞といっしょに使うと伝わりやすい。

いつも
めったに（〜ない）　　　　　　　　　　　　　　　　たまに
毎朝、毎日、毎晩、毎週、毎月、毎年　　｝が、｛ときどき｝ことが／もある

◇「練習1」

　3）父はめったに泣かない・昔の映画を見て泣いている

　　　→　父はめったに泣かないが、たまに昔の映画を見て泣いていることもある。

「泣くこともある」でもいいが、「泣いていることもある」の場合は話し手がその場
面を見かけることがあるという意味を持つ（質問がない場合はわざわざ説明する必
要はない）。

3.　┃〜た結果、…・〜の結果、…┃

Vた形　｝
Nの　　｝ ＋　結果、…

> ある動作「〜」をして、「…」が導き出されてきたことを表します。おもに書き
> ことばで用いますが、テレビやラジオのニュースにもよく使われます。
> ①　｛調査した／調査の｝結果、この町の人口が減ってきていることがわかり
> 　　ました。

② 両親と｛話し合った／の話し合いの｝結果、アメリカに留学することに決めました。

参考

名詞の「結果」と混同しないように注意が必要です。
・試験の結果は、不合格でした。

【練習の留意点とヒント】

◇「…」という結果が導き出されるためには調査する、考える、話し合う、相談するなど、結果が導き出されるような内容のことばが「結果」の前に来ることが多い。

◇結果であるから、後件の文末は「〜た」で終わる。

◇この文型の接続の形、意味はさほど難しくはないが、使われる場面、機会、事柄、および他の語彙とのバランスなどが理解された上で使われないと、適切でないことが多い。

上記文法説明（「書きことばである。テレビやラジオのニュースにもよく使われる」）の他に、会議やミーティングなどフォーマルな場で報告する場合や、授業で説明したりプレゼンテーションをしたりする場合などにも使われる。内容はアンケートや調査の結果、実験結果の報告など、公の情報として資するものが多い。親しい友人同士や家族の会話の中では「〜たら、……」(例：病院で調べてもらったら（調べてもらった結果）、どこも悪いところはなかった）などが使われるであろう。

◇新聞やインターネットなどの記事を準備し、「〜た／の結果」が含まれる部分を探し出させるとか、ある課題を与えてアンケート調査をさせたり、インターネットで資料を探させたりして、その結果を「〜た／の結果、…」という表現を使って発表させる。

　　例：「たばこを吸う女性の割合」
　　　　→ インターネットで政府の白書を調べた結果、……がわかりました。

4.（1）　〜出す（複合動詞）

「Ｖます形 + 出す」は「Ｖすることが始まる」という意味です。
　例：泣き出す、（雨が）降り出す、動き出す、歩き出す、読み出す、歌い出す、話し出す
　　① 急に雨が降り出した。
「Ｖ出す」は勧誘や依頼には使えません。
　　② 先生がいらっしゃったら、｛○食べ始めましょう／×食べ出しましょう｝。(勧誘)

本を {○読み始めてください／×読み出してください}。（依頼）

【練習の留意点とヒント】

◇第7課の読み物「まんじゅう、怖い」を復習し、その中で「震える」と「震え出す」
が使われている状況の違いを観察させる。

◇話し手にとって「意外な」ことが「急に」始まった場合に用いることが多いこと、
また例文および「練習」の中の「驚く」「急に」のことばなどといっしょに使われて
いることに注目させる。

◇ 主語が無生物である場合や人間の生理現象を表す場合によく使われる。

4.（2）　～始める・～終わる・～続ける（複合動詞）

Vが始まること、終わること、続けることを表します。
① 雨は3時間くらい続きましたが、電話がかかってきたのは、{○雨が降り
始めた／×雨が降った}ときでした。
② 宿題の作文を {○書き終わる／×書く} 前に、友達が遊びに来た。
③ 5分間走り続けてください。

【練習の留意点とヒント】

◇「～出す」を学んだ直後なので、「～始める」との違いや使い分けについて質問が出
ることが予想される。

　「～始める」は「～」の開始が予測されているのに対して、「～出す」は予測してい
なかったことが急に起こった場合に使われる。
　　例：・降りそうだと思っていたら、とうとう雨が降り始めた。
　　　　　　⇔急に雨が降り出した。
　　　　・そろそろミルクの時間だ。赤ちゃんが泣き始めた
　　　　　⇔急に赤ちゃんが泣き出した。どうしたんだろう。
　　　　・体が震え始めた。（？）⇔体が震え出した。
　　　　・髪が抜け始めた。⇔髪が抜け出した。（？）

4.（3） ～忘れる・～合う・～換える（複合動詞）

（1）「Ｖます形＋忘れる」は「Ｖすることを忘れる」という意味です。

　　①　今日の料理は塩を入れ忘れたので、おいしくない。

（2）「Ｖます形＋合う」は「複数の人やものがお互いにＶする」という意味です。

　　②　困ったときこそ助け合うことが大切だ。

（3）「Ｖます形＋換える」は「Ｖして換える」「換えてＶする」という意味です。

　　③　部屋の空気を入れ換えた。

　　④　電車からバスに乗り換えた。

参考

自動詞「～続く」はほとんどの場合「～続ける」と同じ意味で用いられます。

「～終える」は「～終わる」より書きことば的な表現です。「～」には意志的な動詞を用います。

　・ねえ、この本、もう読み {？終えちゃった／終わっちゃった} よ。他の本、貸してくれない？

【練習の留意点とヒント】

◇「～忘れる」

『進階Ⅰ』第38課の以下の問題を使うとよい。

　　練習Ａ３．電気を消すのを忘れました　→　電気を消し忘れました。

　　練習Ｂ３．買い物に行きました・卵を買いませんでした

　　　　　　　　→　買い物に行きましたが、卵を買い忘れました。

ただし、使えないものは出さないように注意する。

　　例：行く／来るを含む動詞

◇「～合う」

・『みんなの日本語』に出現する「Ｖ合う」の単語は以下の通り。

　　知り合う（『進階Ⅱ』第47課）、話し合う（『中級Ⅰ』第３課）、助け合う（『中級Ⅱ』第10課）、愛し合う（『中級Ⅱ』第10課）、協力し合う（『中級Ⅱ』第11課）

・上記単語を本冊で探し、その状況を説明する文を作らせるとよい。

　　例：「知り合う」『進階Ⅱ』第47課「会話」

　　　　・渡辺さんは去年、友人の結婚式で鈴木さんと知り合い、このあいだ婚約しました。

◇「～換える」

・『みんなの日本語』に出現する「Ｖ換える」の単語は以下の通り。

『初級Ⅱ』乗り換える（第16課）

『中級Ⅰ』買い換える（第6課）、『中級Ⅱ』書き換える（第9課）、『中級Ⅱ』入れ換える（第10課）

・上記単語を本冊で探し、その状況を説明する文を作らせる。

　　例：乗り換える　（『初級Ⅱ』第16課）

　　　　わたしは毎朝京都駅からJRに乗り、大阪で地下鉄に乗り換えて、会社へ行っています。

◇既習の複合語を集め、分類し、その意味を確認するにとどめるのがよいだろう。

参考

複合動詞　　　　　　　　　　『初級を教える人のための日本語文法ハンドブック』p.70

　　　　　　　　　『中上級を教える人のための日本語文法ハンドブック』pp.155–156、p.542

複合動詞とは「降り始める」のように動詞を2つ重ねて使う動詞のことです。「降り」を前項、「始める」を後項と呼びます。複合動詞の意味には1）〜4）のような組み合わせがあります。

　　1）前項のあとに後項が続いて起き、前項が後項の手段・方法を表す。

　　　　例：呼び集める、飛び降りる…

　　2）前項が意味の中心で、後項が位置や時間的な意味を表す。

　　　　例：降り出す、食べきる、走り回る…

　　3）後項が意味の中心で、前項はその意味を強める。

　　　　例：差し出す、ぶちこわす、つき返す…

　　4）前項と後項の意味とは関係なく新しい意味を生じる。

　　　　例：（話を）切り出す、（仲を）取り持つ…

Ⅳ　話す・聞く　「そんなはずはありません」

【目標】

　　①　人に誤解されていることに気付いたとき、冷静に対応する。

　　②　人間関係を損なわないでことを収束させる。

・同じ言語を話す者同士でも、誤解を受けて弁明したり、誤解をしたことに気付いて謝ったりすることは難しいことである。そういう事態に遭遇した場合、心の余裕を失ってしまうこともあるので、ある程度パターン化して使えるようになっておくと、行き違いなどが避けられるだろう。

1. やってみましょう

　　この課のテーマは「誤解」である。これまで誤解された経験を思い出して話させると、小さいことから大きいことまで学習者も結構経験していることがわかる。中でもことばの言い間違い、聞き違いによる誤解が多いことがわかる。

　この「やってみましょう」は車を持つ環境にない人には縁のない設定なので、そういう人には他の場面を考える。

　　例：ベランダでたばこを吸わないでほしい、臭いが流れてきて困る、と言われたが、
　　　　家族はだれもたばこを吸わない。

2. 聞いてみましょう

　　登場人物：管理人（ワットさんの住むマンションの）
　　　　　　　ワット（さくら大学講師）
　　場　　面：午前中　ワットさん宅の玄関で

3. もう一度聞きましょう

・修理に出す

　　修理してもらうために修理屋さんに預けること。（例：クリーニングに出す）

・申し訳ない

　　人に対して悪いことをしたと思って謝る気持ち。

・気を悪くしないでください

　　自分の言ったこと、したことに対して、相手が気分を害しただろうと思ったときに、相手の気持ちをなだめるとか、謝るなどの場合に使われる。「申し訳ない」「すみません」などといっしょに使うことが多い。

4. 言ってみましょう

・誤解を受けたことに対して説明したり、抗議したりするとき、つい必死になって強い調子になってしまう。同じことを言っても、言い方によってはけんかになってしまうこともあるので、冷静に落ち着いて振る舞うよう注意する。CDをよく聞き、特に抑揚に注意させて、意識して練習させる。「1. やってみましょう」で練習したものを録音しておいて聞かせ、比較して自覚させるのもよい。

5. 練習をしましょう

1）どういうことでしょうか

　　・ことば通り意味を求めているのではなく、言われたことに対し「意外なことを言われて驚いている」という反応を見せる表現で、反論する前のクッション的

な働きを持つ。

例：○アパートの住人　　●管理人

（1）○●あまり親しくない同僚同士（です・ます体で)

（2）○●親しい同僚同士（普通体で)

2）てっきり…と思ってました

・あることを100％正しいと思い込み、信じ込んでいたということを伝え、その
ために誤解してしまったことを弁解する表現である。

・ここでの「本当ですか」は真偽をただす質問ではなく驚きを表している。

例：○小川さんの知り合い　　●小川さん

（1）○●近所の人同士

（2）○アパートの住人　　●管理人

6．会話をしましょう

イラスト	会話 （ゴシック体は使ってほしい表現）		会話の流れ
[午前中　ワットさん宅の玄関で] 1）	管理人： ワット： 管理人： ワット：	おはようございます。 あ、管理人さん、おはようございます。 あのう、ワットさん、自転車のことなんですけど。 はい。	挨拶 〈話題を切り出す〉
2）	管理人： ワット： 管理人： ワット： 管理人： ワット： 管理人：	自転車は、階段の前に置いてはいけないことになってるんですよ。 ええ、知ってますけど、……。 階段の前に置いてある自転車、ワットさんのでしょ？ え？　ちがいますよ。**どういうことでしょうか。** ワットさんの、確か赤い自転車でしたよね。 ええ。 １週間前からずっと置いてありますよ。	〈規則を説明する〉 〈自転車について 　注意する〉 意味がわからず尋ねる
3）	ワット： 管理人：	え？　そんなはずはありません。わたしのは、今、自転車屋に修理に出してありますけど。 え？　そうですか。 赤いから、**てっきり**ワットさんのだ**と思って**……。	自転車の状況を説明する 〈誤解に気づき、 　弁解する〉
4）	ワット： 管理人： ワット：	赤い自転車に乗ってる人なんてたくさんいますよ。 そうですね。申し訳ない。気を悪くしないでください。 いえ、わかってもらえればいいんです。	軽く抗議する 〈謝る〉 管理人の気持ちを受け入れて会話を終える

7. チャレンジしましょう

【ロールプレイ】

・ゴミの出し方についてのトラブル

［火曜日の昼前　アパートの玄関で］　　　　　　　　　　ロールカードA

A：アパートの管理人

B：アパートに住んでいる留学生

あなたはAです

この地区の燃えるゴミの日は火曜日と木曜日です。

月曜日に出されたごみ袋を鳥が破って汚くて困っています。

ゴミの中にレポートが見えたので、ゴミ袋を出したのはBさんだと思いました。

・Bさんがちょうど来たので、燃えるゴミの日について注意してください。

・Bさんのことを誤解していたら、謝ってください。

［火曜日の昼前　アパートの玄関で］　　　　　　　　　　ロールカードB

A：アパートの管理人

B：アパートに住んでいる留学生

あなたはBです

この地区の燃えるゴミの日は火曜日と木曜日です。

今朝（火曜日の朝）まで一週間友達の家に泊まっていて、さっき帰ってきました。

・Aさんに声をかけられました。Aさんの言うことを聞いて、必要ならあなたの事情を
　説明しください。

・誤解されていることがあったら、あなたの気持ちも伝えてください。

【会話例】

A：　あ、ちょっと、Bさん。

B：　あ、おはようございます。

A：　あのう、ごみのことなんですけど。

B：　はあ。

A：　燃えるゴミは火木の朝に出すことになってるんですけど。

B：　ええ、知ってますけど。

A：　きのう、月曜日なのに、捨ててあってね。鳥が破って汚くて困りましたよ。

B：　え？　どういうことでしょうか。

A：　ゴミの中にレポートがたくさん捨ててあってね。あれ、Bさんのじゃない
　　　んですか。

B：　え、わたしの？　わたしが月曜日にゴミを出すはずがありませんよ。
　　　先週から友達の家に泊まっていて、さっき帰ってきたばかりなんですよ。

Ａ：　え？　そうですか。レポートが見えたから、てっきりＢさんのだと思って。

　　　Ｂ：　レポートを書く人なんて、たくさんいますよ。

　　　Ａ：　いや、申し訳ない。気を悪くしないでください。

　　　Ｂ：　いえ。わかってくだされればいいんです。

【評価のポイント】

・言われていることが理解できないということを伝えているかどうか。

　　　例：どういうことでしょうか

・相手は誤解しているということを伝えているかどうか。

　　　例：わたしが～はずがありません

・自分の気持ち（気を悪くしたこと）を伝えているかどうか。

　　　例：レポートを書く人なんて、たくさんいますよ

・会話をうまく終わらせようとしているかどうか。

　　　例：わかってくだされればいいんです

Ⅴ．読む・書く　「記憶型と注意型」

【目標】

> ①　ヒューマンエラーの研究に関する文章を読み取る。
>
> ②　・記憶型と注意型を対比し、その違いを探しながら読む。
>
> 　　・研究結果を読み取る。
>
> ③　インタビュー調査をしたことを図表も使って書き表す。
>
> ④　ヒューマンエラーで起きた出来事を説明する。

1．考えてみましょう

　　このテストについては本文で解説されるが、まずは、テストの結果を友人の結果と比べて違いを見つけ、語り合う。次に、テスト結果が何を意味しているのか類推させながら話し合わせる。その際、タイトルの「記憶型と注意型」が何らかのヒントにならないか示唆する。

2．ことばをチェックしましょう

　　失敗*、記憶、注意する*、奇数、偶数、～型、ぼんやりする、あわて者

3．読みましょう／4．答えましょう

　　人間が日常生活で犯す失敗に関する研究結果を述べた文章である。人間を何らかのタイプに分けることに関心を持つ人は少なくない。心理学者の行ったテストを利用し

て自分自身の性格がどのタイプに当てはまるかを知ることを目的とする。

【手順・留意点】

1．タイトルの「記憶型」とは何か、「注意型」とは何か、を考える。その後、**読む**
　　ときのポイントの記憶型と注意型の違いについて書いてある部分を探しながら読
　　むように指示して黙読する。時間は5分程度。

　　Aは…、Bは…といった二項対立型の文章を読み取るのは、様々な文章の型の中
　　でも易しいほうである。

2．**読むときのポイント**の「テストの結果について書いてある部分を探して＿＿を引
　　く」ように言い、再度黙読させる。

　　この文章はテストの奇数番号と偶数番号が記憶型と注意型にぴったり対応してい
　　るので、簡単にできるはずである。

　　なお、二項対立を示す接続表現としてよく使用される「一方」に注意を喚起する。

3．上記下線を参考にしながら、**答えましょう1）**の表を完成する。表中の（3）に
　　ついては、第3段落「こういう人は～するといい」、第4段落「『かなりあわて者
　　である。』（「こういう人は」が略されている）～するといい」の部分を探させる。

4．上記下線部のうち、奇数番号が多い場合（記憶型）と偶数番号が多い場合（注意
　　型）に当てはまらない箇所を再度確認させながら、**答えましょう2）**をさせる。

5．CDを聞き、その後音読の練習をさせる。

5．チャレンジしましょう

1）第3課で簡単なアンケート調査を行い、その結果を口頭発表原稿（です・ます体）
　　にまとめるタスクを課したが、この課では難易度を上げ、インタビュー調査をし
　　てその結果を図表と文章（普通体）にまとめられるようになることを目指す。

【手順】

1．宿題として、（1）（2）を10人以上の人に質問し、メモを取るという課題を
　　与える。ただし、状況次第では10人以下でもよい。（1）は「1．考えてみ
　　ましょう」のテストを利用してもよい。

2．メモをもとにインタビュー調査の結果を本文の分類にもとづいて集計させ、
　　（1）の場合はそれに関する図表を作成させる。（2）の場合は似通った項目を
　　集めて箇条書きにまとめる。

3．次の文章の型を使って「普通体」で書く。

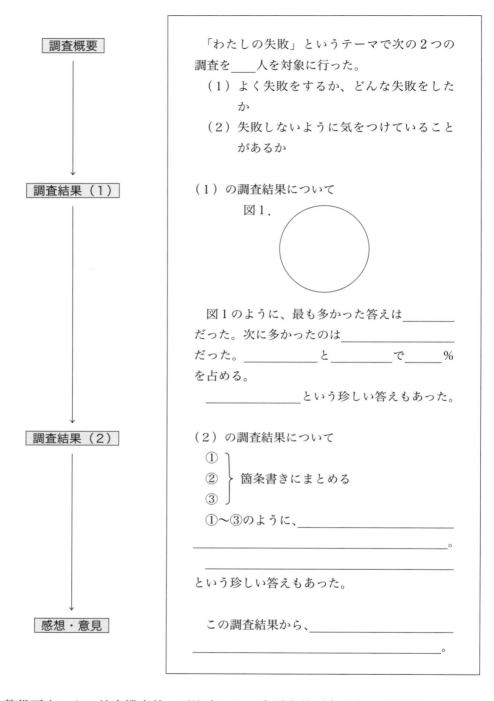

「わたしの失敗」というテーマで次の2つの
調査を＿＿＿人を対象に行った。
（1）よく失敗をするか、どんな失敗をした
か
（2）失敗しないように気をつけていること
があるか

（1）の調査結果について
図1.

図1のように、最も多かった答えは＿＿＿＿＿
だった。次に多かったのは＿＿＿＿＿＿＿＿
だった。＿＿＿＿＿＿＿と＿＿＿＿＿で＿＿＿％
を占める。
＿＿＿＿＿＿＿＿という珍しい答えもあった。

（2）の調査結果について
① ⎫
② ⎬ 箇条書きにまとめる
③ ⎭
①～③のように、＿＿＿＿＿＿＿＿＿＿＿＿
＿＿＿＿＿＿＿＿＿＿＿＿＿＿＿＿＿＿＿＿。
＿＿＿＿＿＿＿＿＿＿＿＿＿＿＿＿＿＿＿＿
という珍しい答えもあった。

この調査結果から、＿＿＿＿＿＿＿＿＿＿＿
＿＿＿＿＿＿＿＿＿＿＿＿＿＿＿＿＿＿＿＿。

2）整備不良による航空機事故、不注意による交通事故（自動車、電車等）、海難事
故（船舶の衝突等）、大火災や原発の事故等、世界中でいろいろな事故が起きて
いる。その中のいくつかの事例について、詳しいことをインターネット等で調べ
て発表する。

・〇〇年〇月〇日、〜で〜事故がありました。
・調査によると……が……のは、……ため（から）だったということです。
・……たら／ば、……たと思います。

第11課

I. 目標

話す・聞く	・提案をする　・提案を受け入れる
読む・書く	・写真から内容を想像する
	・黄金伝説が生まれた理由を読み取る

II. 学習項目

	話す・聞く 「お勧めのところ、ありませんか」	**読む・書く** 「白川郷の黄金伝説」
本文内容	・春休みの旅行の相談にのってもらう。	・世界遺産白川郷の紹介とその土地にまつわる黄金伝説。
文法項目	1．～てくる・～ていく（変化） 2．～たら［どう］？ 3．…より…ほうが…（比較） 4．～らしい（典型的な性質）	5．…らしい（伝聞・推量） 6．～として 7．（1）～ず［に］…（付帯状況・手段） 　　（2）～ず、…（原因・理由・並列） 8．～ている（経験・経歴）
＊補足項目	＊～なんかどう？	
新出語	**文法・練習** ますます　企業　今後　方言　普及する　建つ　大家族　大～［～家族］　パックツアー　個人　いかにも　入学式　派手［な］　元気　出す［元気を～］ **話す・聞く** 世界遺産　価値　やっぱり　流氷　自由行動　提案する　軽く［～体操する］　乗り物　酔う［乗り物に～］　コメント　さらに　仮装　染める	**文法・練習** 広告　美容院　車いす　寄付する［病院に車いすを～］　グレー　地味［な］　原爆　ただ一つ　恐ろしさ　ダイナマイト　自宅　あわてる　落ち着く　行動する　のんびりする　シューズ　つながる［電話が～］　遺跡　発掘　これまでに　南極　探検 ＊ノーベル　モーツァルト **読む・書く** 黄金　伝説　いくつか　屋根　農作物　金銀　治める　掌　後半　くぎ　村人　かける［費用を～］　向き　抵抗　～層　蚕　火薬　製造する　送る［生活を～］　家内産業　年貢　期待する　地　前半　やってくる　住み着く　一族　～城［帰雲～］　城　掘り当てる　権力者　飢きん　～軒　数百人　一人残らず　消える　保管する　兆　分ける［いくつかに～］　積もる［雪が～］　気候　観光案内　観光地 ＊白川郷　白神山地　厳島神社　屋久島　知床　原爆ドーム　合掌造り　江戸時代　内ヶ島為氏　帰雲城　織田信長
＊固有名詞	＊首里城　雪祭り	
会話表現	・～っていうのはどうですか。 ・それも悪くないですね。 ・それもそうですね。 ・けど、……。 ・それも悪くないですけど……。	
学習漢字		黄　伝　造　形　根　完　雪　修　協　収 費　陽　涼　暖　層　階　製　辺　農　内 条　件　米　期　城　掘　豊　権　贈　軒 歴　史　保　管　価　値　兆 郷　掌　遺　壊　抵　抗　蚕　飼　厳　貢 飢

Ⅲ．文法・練習

1. ～てくる・～ていく（変化）

（1）「～てくる」は、変化しながら今にいたっていることを表します。
　　①　だんだん春らしくなってきました。
（2）「～ていく」はこれから変化が生じる方向へ向かうことを表します。
　　②　これからは、日本で働く外国人が増えていくでしょう。

　参照　「～てくる・～ていく（移動の方向）」：
　　　兄が旅行から帰ってきた。　　　　　　　　　　（☞『大家的日本語中級Ⅰ』第6課）

　参考
「～ていく・～てくる」　『初級を教える人のための日本語文法ハンドブック』p.120
「てくる・ていく」が変化が生じる方向へ向かうことを表すのは、「増える」「変わる」「溶ける」など変化を表す動詞とともに用いる場合です。
　・ゆっくり飲んでいるので、ジュースの氷が溶けてきた。
　・3か月も切っていないので、髪が伸びてきた。

【練習の留意点とヒント】
◇導入は、例えば「（日本は）1982年ごろから子どもが減ってきた」を取り上げ、時間の線上の「今」というところに人が立ち、手をかざして過去から今にいたる変化を眺めている様子を示し、同じ人間が未来を眺めて「これからも減っていくでしょう」と言う。
◇「練習2」のように、社会の情勢や状況の変化を理由とともに「～てきました。これからも～ていくでしょう」という対比で文を作るようにするとよい。

2. ～たら［どう］？

Vたら

（1）「～すること」がよいと思って相手に提案するときに用います。相手が取り得る選択肢をシンプルに示します。「～たらいかがですか」は「～たらどう？」の丁寧な言い方です。
　　①　今日は恋人の誕生日なんだ。
　　　　…電話でもかけて｛あげたらどう／あげたらいかがですか｝？
（2）「～たらどう？／～たら？」は目下の人や家族や友人など親しい人に用います。

②　少し熱があるみたい…。

　　　　…薬を飲んで、今日は早く寝たら？

参考

「〜というのはどう？」は、一つの例として否定されてもいいという気持ちで提案することを表します。

　　・お母さんの誕生日に、みんなでレストランへ食事をしに行くというのはどう？

【練習の留意点とヒント】

◇「このごろ体の調子がよくないんです」に対して様々な応答が可能である。

　　Ａ：　病院へ行ったほうがいいですよ。

　　Ｂ：　病院へ行ったらいいですよ。

　　Ｃ：　病院へ行ったらどうですか。

Ａは、話者の発言の裏に「病院へ行ってないのですか。行ったほうがいいですよ」と強い助言のニュアンスがあり、Ｂは「『どうしたらいい』か問われ、『病院へ行ったらいい』よ」と、ＡとＣの中間の強さの助言を意味する。それに対してＣは「そうですか。いろいろな解決法があるけれども、まずは病院へ行ったらどう」と、いろいろな選択肢の中の１つを挙げているので、助言を求めた人にとって押しつけがましくなく響く。

◇Ａさんは日常の小さな問題を話す。Ｂさんは軽くアドバイスをする。

　　Ａ：　美容院へ行かなくっちゃ。でも美容院って高いよね。

　　Ｂ：　Ｃさんに切ってもらったら？　彼、上手だよ。

3.　　…より…ほうが…（比較）

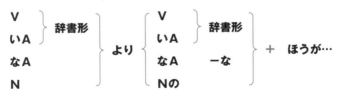

（1）「ＹよりＸほうが…」は、おもに「ＸとＹとではどちらが…ですか」に対する応答として用いられます。

　　①　北海道と東京とではどちらが寒いですか。

　　　　…○北海道のほうが寒いです。

　　　　　×北海道は東京より寒いです。

（2）応答でないときも「YよりXほうが…」が使えます。その場合は、「『Yは
　　　Xより〜』と思うかもしれないが、実は違う」ということを強調するニュ
　　　アンスになります。
　　　　②　今日は、北海道より東京のほうが気温が低かったです。
　　　　③　漢字は見て覚えるより書いて覚えるほうが忘れにくいと思います。
　　　　④　パーティーの料理は少ないより多いほうがいいです。
　　　　⑤　子どもに食べさせる野菜は、値段が安いより安全なほうがいい。

　　参照　「〜は〜より（比較）」：この車はあの車より大きいです。
　　　　　「〜がいちばん〜（形容詞で表される内容の最大であるもの）」：
　　　　　・日本料理［の中］で何がいちばんおいしいですか。
　　　　　…てんぷらがいちばんおいしいです。　　　　（☞『大家的日本語初級Ⅰ』第12課）

【練習の留意点とヒント】
◇導入は既習の名詞の比較の確認から入る。
　　例：都会と田舎とどちらが住みやすいですか。
　　　　…［田舎より］都会のほうが住みやすいです。
　次に他の品詞の比較に移るが、質問文と応答文の「の」の有無の違いに注目させる。
　　例：〈動詞〉スポーツをするのとスポーツを見るのとどちらがおもしろいですか。
　　　　　　　…スポーツは、見るよりするほうがおもしろいです。
　　　〈い形容詞〉寒いのと暑いのとどちらが好きですか。
　　　　　　　…暑いより寒いほうが好きです。
　　　〈な形容詞〉お祭りは、にぎやかなのと静かなのとどちらがいいですか。
　　　　　　　…お祭りは、静かよりにぎやかなほうがいいです。
　すなわち、名詞以外の品詞（動詞、い形容詞、な形容詞）では質問文の場合、比較
する項目に「の」がつくが、応答文では「の」を省く。品詞ごとに丁寧に単純練習
を行う。
◇「練習」の各問題について、常識的に「AよりBのほうが〜だ」と思うかどうか話
　し合うと、国・人によって違いが出ておもしろいだろう。

4. ～らしい

Nらしい

> 「N₁らしいN₂」は、N₂がN₁の典型的な性質を持っていることを表します。
> ① 山本さんの家はいかにも日本の家らしい家です。
> ② 春らしい色のバッグですね。
> ③ これから試験を受ける会社へ行くときは学生らしい服を着て行ったほうが
> いいですよ。
> 「Nらしい」は述語になることもあります。
> ④ 今日の田中さんの服は学生らしいね。
> ⑤ 文句を言うのはあなたらしくない。

【練習の留意点とヒント】

◇例文1）「伝統的な日本の家（N₁）らしい家（N₂）」では、N₁とN₂は同じ「家」という
　ことばを持つが、例文2）3）では「春らしい日」「学生らしい服」と、N₁と
　N₂のことばが一致していない。しかし、それぞれ「春の日の特徴を持つ日（すな
　わち、寒くも暑くもなく穏やかな日）」、「学生が着る服としてふさわしい服」を言
　う。

◇「～らしい」で表す典型的な性質とは肯定的で、よいイメージを言う。したがって、
　「～らしくない」と言う場合は否定的で、非難する気持ちがある。

◇例文4）「あなたらしくない」のように述部になる場合、否定は、い形容詞と同じ変
　化をする。また、後ろに文が続く場合も、い形容詞と同じく「～らしく（て）、～」
　となる。

◇「練習」で絵をかかせたあと、それを口頭で説明させてもよい。
　　例：田舎らしい景色
　　　　→空には鳥が飛んでいて、川には魚が泳いでいます。人も家も少なく、静か
　　　　　で平和です。

◇「～らしくないN」はどんなNか考えさせる。
　　例：・スポーツマンらしくない人ってどんな人ですか。
　　　　・馬らしくない走り方ってどんな走り方ですか。

◇「～らしい」は典型を示すがゆえに、古いイメージやステレオタイプ化された考え
　方に結び付けられがちなので、そうならないように注意する。
　　例：女らしい／男らしい人

5. …らしい（伝聞・推量）

（1）「…らしい」は、「…」が読んだり聞いたりした情報であること（伝聞）を
　　　表します。
　　　① 新聞によると、昨日の朝中国で大きい地震があったらしい。
　　　② 雑誌で見たんだけど、あの店のケーキはおいしいらしいよ。
　　　③ 先生の話では、試験の説明は全部英語らしい。
（2）「…らしい」は見たり聞いたりした情報をもとに、たぶんそうだろうと思う
　　　こと（推量）も表せます。
　　　④ パーティーが始まったらしい。会場の中からにぎやかな声が聞こえ
　　　　　てくる。
　　　⑤ 山田さんはずいぶんのどがかわいていたらしい。コップのビールを
　　　　　休まずに全部飲んでしまったよ。

【練習の留意点とヒント】
◇接続の形に注意させる。
　な形容詞の場合に「ひまだらしい」「ひまならしい」や、名詞の場合に「雨だらしい」
　「雨のらしい」にならないように練習を行う。
◇例文1　→「練習1」は伝聞の意味・用法のものである。
　例文2、3　→「練習2」は推量の意味・用法のものである。
◇伝聞として導入した場合「…そうだ（伝聞）」とどう違うか、推量として導入した
　場合「…ようだ（様態、推量）」とどう違うかという質問が来るだろう。「…そうだ」
　「…ようだ」よりも少し無責任なニュアンスがあるので、うわさ話などによく用い
　られる。
　　例：・彼は結婚するそうだ。（情報の出所が明確）
　　　　・彼は結婚するらしい。（情報の出所はあいまい）
　　　　・この子、熱があるようだ。（触って感じる＝判断根拠がかなり明確）
　　　　・あの子、熱があるらしい。（赤い顔をしているのを見て）
いずれの場合も「らしい」を使うことによって話者は話題になっている人／もの／
ことに関して、その情報の真偽について責任を持たないという態度が感じられる。

6. ～として

　　Nとして

　　┌───┐
　　「～として」は「～」という資格・立場・観点であることを表します。
　　　　① 会社の代表として、お客さんに新しい商品の説明をした。
　　　　② 東京は、日本の首都として世界中に知られている。
　　└───┘

【練習の留意点とヒント】

◇導入はまず人についての身分、立場から始め、抽象的な単語に移るとよい。

◇資格・立場、観点を表すので、「～として」の後ろにはその話題の人・こと・もの
　が「～」であることに対する評価、あるいはその役割が行う行為などが来る。

◇一人の人、一つのもの・ことを裏と表の両面から描写する。

　　　　例：・モーツァルトは今は音楽家として愛されているが、そのころはたくさんお
　　　　　　　金を使ったり、お酒を飲んだりして、社会人としては認められていなかっ
　　　　　　　たらしい。

　　　　　　・北海道の夕張という町はおいしいメロンの生産地として有名だが、今は住
　　　　　　　む人が少なくなった町としてよくテレビに出てくる。

7.（1） ～ず［に］…（付帯状況、手段）

　　Vない形　＋　ず［に］…　（ただし、「～する」→「～せず」）

　　┌───┐
　　「～ず［に］…」は付帯状況や手段を表す「～ないで…」の書きことば的な
　　表現です。
　　　　① その男は先週の土曜日にこの店に来て、一言も話さず、酒を飲んで
　　　　　いた。
　　　　② 急いでいたので、かぎを｛かけずに／かけないで｝出かけてしまった。
　　　　　（付帯状況）
　　　　③ 辞書を｛使わずに／使わないで｝新聞が読めるようになりたい。（手
　　　　　段）
　　└───┘

【練習の留意点とヒント】

◇導入１（例文２））

『進階Ⅰ』第34課で学習した「メガネをかけて／かけないで本を読みます」を思
い出させ、そのうちの「～ないで」が「～ず（に）」になることを導入し「練習１」
に入る。

◇導入２（例文１）３））

『進階Ⅰ』第34課で学習した「バスに乗らないで駅まで歩いています」を思い出させる。「バスに乗る」代わりに「歩いている」ことを表す文型であることを導入し「練習２」に入る。

◇「～しないで」は「～せず（に）」になるので注意する。

7.（2）　〜ず、…　（原因・理由、並列）

Ｖない形　＋　ず、…　（ただし、「〜する」→「〜せず」）

> （１）「〜ず、…」は原因・理由を表す「〜なくて、…」の書きことば的な表現です。
> 　　①　子どもの熱が｛下がらず／下がらなくて｝、心配しました。
> （２）「Ｘず、Ｙ」は、「Ｘない。そして、Ｙ」という並列の意味でも用いられます。
> 　　②　田中さんは今月出張せず、来月出張することになりました。
>
> 参照　「〜なくて（原因と結果）」：
> 　　・家族に会えなくて、寂しいです。　　　　　（☞『大家的日本語進階Ⅱ』第39課）

【練習の留意点とヒント】

◇例文１）は原因・理由を表すもので、「練習」に続く。

　例文２）も原因・理由を表すが、否定の理由が続くので「〜なくて」ではなく、「〜ないし、〜ないし、〜」に相当する。

　例文３）は並列を表すものである。

◇（1）「〜ず［に］」、（2）「〜ず」とも書きことば的である。詩や慣用句などによく見られるので、参考までに紹介するとよい。

　　例１：雨<ruby>雨<rt>あめ</rt></ruby>ニモ<u>マケズ</u>
　　　　　風<ruby>風<rt>かぜ</rt></ruby>ニモ<u>マケズ</u>
　　　　　雪<ruby>雪<rt>ゆき</rt></ruby>ニモ夏<ruby>夏<rt>なつ</rt></ruby>ノ暑<ruby>暑<rt>あつ</rt></ruby>サニモ<u>マケヌ</u>
　　　　　丈夫<ruby>丈夫<rt>じょうぶ</rt></ruby>ナカラダヲモチ
　　　　　慾<ruby>慾<rt>よく</rt></ruby>ハナク
　　　　　決<ruby>決<rt>けっ</rt></ruby>シテ瞋<ruby>瞋<rt>いか</rt></ruby><u>ラズ</u>
　　　　　イツモシヅカニワラッテヰル
　　　　　　　　　　　　：
　　　　　ホメラレモ<u>セズ</u>
　　　　　クニモ<u>サレズ</u>
　　　　　サウイフモノニ
　　　　　ワタシハナリタイ

例２：納豆は食わず嫌いの人が多い。

例３：あの踏切は「開かずの踏切」だ。

8. ～ている（経験・経歴）

（１）「～ている」は歴史的な事実、経験や経歴があることを表し、「～回」「長い間」
など回数や期間を表す副詞といっしょに用いられることが多い。

    ① この寺は今まで２回火事で焼けている。

    ② 京都では長い間大きな地震が起こっていない。もうすぐ地震が来る
かもしれない。

（２）このような「～ている」は、ある動きがかつてあったということが主体の
現在の状態に何らかの関係を持っている場合に用いられます。

    ③ 田中さんは高校のときアメリカに留学している。だから、英語の発
音がきれいだ。

参照 「～ている（継続）」：ミラーさんは今電話をかけています。

（☞『大家的日本語初級Ⅱ』第 14 課）

「～ている（結果の状態）」：サントスさんは結婚しています。

（☞『大家的日本語初級Ⅱ』第 15 課）

「～ている（習慣）」：毎朝ジョギングをしています。

（☞『大家的日本語進階Ⅰ』第 28 課）

「～ている（結果の状態）」：窓が割れています。

（☞『大家的日本語進階Ⅰ』第 29 課）

参考

「～たことがある」も経験を表すので、「ている」と似た表現です。

・息子は３回富士山に｛登ったことがあります／登っています｝。

「～たことがある」は単に経験を表しますが、「～ている」はある出来事が経歴と
して意味がある場合に用いられます。

    ○ 山田さんは前にドリアンを食べたことがあります。

    ? 山田さんは前にドリアンを食べています。

    ○ 山田さんは若いころ一度オリンピックに出ています。

「ている形」　　　　『中上級を教える人のための日本語文法ハンドブック』pp.83–87

「～たことがある」「～ている」はどちらも経験を表しますが、「～たことがある」
は動詞以外にも接続できます。

・田中さんは以前小学校の教師だったことがある。

【練習の留意点とヒント】

◇歴史的な事件、出来事などの解説文によく使われる。

◇自分の国の有名な建物、有名な人の記録を調べて述べさせる。また今とつながって
いることを実感させるために、それについて何らかのコメントをさせるとよい。

　　例：・大阪城はこれまで何度も火事にあっています。

　　　　　何度火事にあっても人々はまた造りました。大阪城は本当に大阪の人々に
　　　　　愛されているのだと思います。

　　　　・彼女はこれまで8回結婚し、7回離婚しています。

　　　　　何回結婚しても、幸せかどうかわかりませんね。

【補足説明】

　┌──────────────┐
　│ ～なんかどう？ │（話す・聞く）
　└──────────────┘

　┌───┐
　│　「～なんか」は適当な例を聞き手に示すときに使います。何か他にもあるような　│
　│ニュアンスを出して、自分のアイディアを聞き手に押しつけるのを避けることが　　│
　│できます。　　　　　　　　　　　　　　　　　　　　　　　　　　　　　　　　　│
　│　①　［店で］これなんかいかがでしょうか。　　　　　　　　　　　　　　　　　│
　│　②　次の会長はだれがいいかな。　　　　　　　　　　　　　　　　　　　　　　│
　│　　　…田中さんなんかいいと思うよ。　　　　　　　　　　　　　　　　　　　　│
　│「～などどうですか」は少し硬い表現です。　　　　　　　　　　　　　　　　　　│
　└───┘

Ⅳ. 話す・聞く　「お勧めのところ、ありませんか」

【目標】

　┌───┐
　│　①　旅行を計画するに際してできるだけ多くの情報やアドバイスを得る。　　　　│
　└───┘

・時間的、経済的に余裕があるときにしたいことは、旅行、観劇、スポーツ、稽古ご
となど、人によって様々だろう。いざそれらをやろうとするときに適切な情報が欲
しくなる。ここでは人とやり取りをして意見を交わし、うまく相づちを打ちながら、
得たい情報を得るテクニックを学ぶ。

1. やってみましょう

　旅行の他に入りたいスポーツクラブや、やりたい稽古ごとなどについて先輩や友達
に聞いてみる。

　助言を求める表現として、例えば「京都へ行きたいんですが、どうやって行ったほ

うがいいですか」とま違えて使う学習者が多い。ここで助言（する／求める）の表現を思い出させ整理するのもよい。

- ・〜た／ないほうがいいですよ
- ・〜たらいいですよ（〜ばいいですよ／〜といいですよ）
- ・〜たらどうですか
- ・〜と（て）いうのはどうですか

2. 聞いてみましょう

登場人物：カリナ（インドネシア、富士大学学生）

山田一郎（IMC 社員）

山田友子（銀行員）

（一郎と友子は夫婦）

場　　面：土曜日　山田さん宅で

3. もう一度聞きましょう

- ・北海道なんかどうかなと思ってたんですが

相手の提案を肯定したあと、ためらいがちに自分が持っていた案を提出するときに使う。
- ・北海道へ行くなら、やっぱり冬のほうがいいな

先に「北海道も涼しくていい」と言ったが、ちょっと考えると、世間で言われている通り、また自分の考えもそうだったのだが、北海道は冬のほうがいいという思いに立ち返った、という気持ちを表す。
- ・それもそうですね

相手の反論に一理あるという肯定の気持ちを表す。
- ・そんなのがあるんですか

「えー？　知らなかった」という気持ちを表す。

4. 言ってみましょう

- ・気持ちよく相談にのってもらうためには、相手の意見は必ず一度肯定してから、自分の思っていることをためらいがちに出す。そのタイミング、「呼吸」をつかませるようにする。

5．練習をしましょう

1）～ていうのはどうですか

　相手からの相談を受けて自分のアイディアを言う場合、相手が負担に思わないで反対意見も出せるような提案をする表現である。

　　例：○●あまり親しくない同僚同士

　　　「例」なので答えが与えられてしまっているが、世の中には眠れなくて困っている人が多いので、それぞれの方法を出させるとおもしろい。

　　（1）○後輩　　●先輩

　　　　先輩は普通体で話しているが、答える後輩は「～っていうのはどうですか」とすることに注意。

　　（2）○●友人同士

　　　　友人同士なので、「～ってどう？」となる。

2）それも悪くないですけど……

　相手から提案を受けた場合、相手の提案を否定せずいったん受け入れて、それから自分の意見を出すときに使う表現である。

　　例：○●あまり親しくない同僚同士

　　（1）○先輩　　●後輩

　　（2）○●友達同士

　　　　友達同士なので「それも悪くないけど」となる。

6．会話をしましょう

イラスト	会話 （ゴシック体は使ってほしい表現）	会話の流れ
[土曜日　山田さん宅で] 1）	カリナ：　暑くなってきましたね。 山田一郎：　そうだね。夏休みはどこか行くの？ カリナ：　ええ。いろいろ考えてるんですが、どこかお勧めのところ、ありませんか。	季節の挨拶 〈夏休みの旅行を話題にする〉 お勧めのところを聞く
2）	山田一郎：　そうだなあ。 　　　　ちょっと遠いけど、沖縄っていうのはどう？ カリナ：　沖縄ですか。 山田一郎：　沖縄の海は青くて、すばらしいよ。世界遺産の首里城なんかも見る価値があるし。 カリナ：　**それも悪くないですね。**	〈勧める〉 〈理由を言う〉 助言を受け入れる
3）	あのう、北海道なんかどうかなと思ってたんですが。 山田一郎：　ああ、北海道もいいね。涼しくて。 　　　　でも、北海道へ行くなら、やっぱり冬のほうがいいな。雪祭りとか流氷とか、北海道らしい景色が見られるし……。 カリナ：　それもそうですね。	希望を伝える 〈希望に対して助言をする〉 受け入れる
4）	けど、北海道も沖縄も高そうですね。 山田友子：　パックツアーを利用したらどう？　個人で行くよりずっと安いですよ。 カリナ：　パックツアー？ 山田友子：　飛行機とホテルが決まっていて、あとは自由行動っていうツアー。 カリナ：　そんなのがあるんですか。 　　　　じゃ、帰りに旅行会社に寄って、調べてみます。	問題点を述べる。 会話を終える

7. チャレンジしましょう

【ロールプレイ】

・会話の相手の国に旅行したいので、情報をもらう。

・相手のアドバイスに耳を傾け、より多くの情報を引き出す。

[午後3時ごろ　喫茶店で]　　　　　　　　　　　　　　　ロールカードA

A、B：友人同士

あなたはAです

Bさんの国へ旅行したいと思っています。

・Bさんにお勧めの時期、場所を聞いてください。

・前にパンフレットで見て、行ってみたいなと思っていた場所について意見を聞いてください。

・安い方法がないか聞いてください。

[午後3時ごろ　喫茶店で]　　　　　　　　　　　　　　　ロールカードB

A、B：友人同士

あなたはBです

・Aさんの質問にできるだけ親切に答えてあげてください。

【会話例】

　　Bさんをスペイン人と設定してみた例

　A：　スペイン（Bさんの国）へ行ってみたいと思っているんだけど、季節はいつ頃がいい？

　B：　スペインへ？　そうだな。やっぱり5月ごろがいいと思うよ。花がきれいだし、気候もいいから。

　A：　そう。
　　　　1週間くらいしか休みが取れないんだけど、お勧めのところ、ない？

　B：　そうだな。まずマドリッド、トレド、それから南のアンダルシアっていうのはどう？

　A：　あ、よさそう。
　　　　あのう、バルセロナもどうかなと思ってたんだけど…。

　B：　ああ、バルセロナもいいね。ピカソ美術館とかガウディの建築なんかもあって。けど、1週間では忙しすぎるんじゃない？

　A：　それもそうだね。
　　　　あのう、できるだけ安い旅行をしたいので、どこかお勧めのホテルはないかな。

　B：　大学の寮なんかに泊まったらどう？

A： え？　大学の寮に泊まれるの？

B： うん。大学によると思うけど。ネットで調べてみたら？

A： うん。そうするよ。

【評価のポイント】

・まず聞きたいことを伝えて話を始める。

　　例：お勧めのところ、ありませんか

・相手の提案を受け入れる。

　　例：よさそうですね

・自分の思っていることについて意見を求める。

　　例：〜なんかどうかなって思ってたんですが

・相手のコメントに同調しながら、問題点について聞き出す。

　　例：それもそうですね／けど

　　　　それも悪くないですね／けど

Ｖ．読む・書く　「白川郷の黄金伝説」

【目標】

> ①　世界遺産に登録されている白川郷の合掌造りの構造とその由来、それ
>   にまつわる伝説を読み取る。
> ②　・写真と図から文章の内容を推測する。
>   　・伝説が生まれた理由を探しながら読む。
> ③　観光案内パンフレットを作成する。
> ④　「わたしの国の伝説」を紹介する。

1．考えてみましょう

1）①〜⑧の写真やパンフレット（イラストよりもう少しはっきりわかるもの）を準
　備しておき、その場所を知っているかどうか、行ったことがあるかどうか、行っ
　てみたいかどうか聞いてみる。①〜⑧には本文の白川郷は含まれていないが、白
　川郷の写真もその季節ごとの美しさを伝えるものを準備し、興味を持たせる。
　世界遺産（各国語を準備）という言葉を聞いたことがあるかどうか尋ね、もし知
　らなければ平易なことばで（ことばをチェックしましょう１）を利用して）簡単
　に説明する。

2）世界遺産が学習者の出身国にあるかどうかについての知識や情報を持っている人
　は多くないだろう。宿題にしてインターネットなどで調べてこさせるのも一つの
　方法である。

2．ことばをチェックしましょう

　　伝説、世界遺産*、屋根、農作物、金銀、治める、大地震*、発掘*

3．読みましょう／4．答えましょう

　　世界遺産に登録されている白川郷の合掌造りの構造とその由来、それにまつわる伝説がテーマになっている。これらの3つのテーマがどの段落に書かれているかがわかれば、おおまか読み（スキミング）はできたことになる。

【手順・留意点】

1．写真と図を見れば建物の外観と構造がわかるので、それを見て「そこでどんな生活をしていたか」を2～3分程度想像してみる。

2．建物の構造およびどんな生活をしていたのかの部分を探しながら、それが想像と同じであったかどうか確かめながら黙読させる。時間は5分程度。

3．読むときのポイント2つ目の「黄金伝説が生まれた理由」がどこに書かれているかを探しながら読むように言う。

4．次の1）～3）の作業をしながら再度読む。

　　1）合掌造りの構造について述べているところに下線を引く。

　　　　掌を合わせたような形の屋根を持つ

　　　　くぎが使われていない

　　　　建物の向きは、風や太陽の向きを考えて決められている

　　　　中は広く、2層、3層になっており

　　2）生活の様子がわかるところに下線を引く。

　　　　屋根の組み立てや修理は、村人が協力し合って行う

　　　　現金収入が少ない

　　　　夏は涼しく、冬は暖かく過ごす

　　　　上の階では蚕を飼い、下では火薬の原料を製造しながら日常生活も送っていた

　　　　厳しい自然条件

　　　　米がとれず

　　3）黄金伝説が生まれた理由が書かれているところに下線を引く。

　　　　彼らは近くの山で金銀を掘り当て、かなり豊かであったらしい。織田信長などの権力者に金銀を贈ったり、飢きんのときには村人に米を与えたりして、120年のあいだ白川郷を治め続けた。

　　　　ところが、1585年11月29日、大地震が起きた。「三百軒以上の家と数百人の人が一人残らず消えた。内ヶ嶋の時代が終わった」と歴史の本に書かれている。

５．答えましょう１）をし、本文のどの部分から○×を判断したか確かめる。

６．答えましょう２）をする。内ヶ嶋為氏、帰雲城、織田信長といった読みにくい固有名詞があるので、難解な印象を与えるが、質問文に使われている「豊か」「治めて」「時代が終わった」「黄金伝説の地」といった語句を本文から探し出し、その前後の文を読めば簡単に答えられる問題である。

７．CDを聞き、その後音読の練習をする。

5．チャレンジしましょう

１）文字情報と写真や図などを組み合わせることによって、外国人にとってわかりやすい観光案内パンフレットを作成する。本格的なものを作る必要はない。

日本国内の観光地を日本語で紹介した既成のパンフレット（雑誌やインターネットからそのままコピーしたものなど）のままではいけないが、学習者の出身国などで作られ、日本語以外の言語で書かれたパンフレットを日本語に訳してアレンジしたものでもいいことにしてよいだろう。

下記は、取り上げるべき項目である。

（１）文字情報として必要な項目

①見どころ　②交通アクセス・所要時間・費用　③宿泊・費用　④飲食店
⑤お土産　⑥イベント情報　⑦観光案内問い合わせ先

（２）写真や図などの情報

①見どころや有名な品物の写真　②地図

宿題にして、完成したらそれぞれのパンフレットを持ち寄って、学習者同士で観光案内をする場面を設定するのもよい。

２）１）のタスクと同じように、このタスクも単に思い浮かんだことを話したり書いたりするのではなく、いろいろと調べなければならないので時間がかかる。しかも、地域の交流会という場も設定されているので、筋道だった話にしなければならない。インタラクティブな会話と違い、話の進行を手伝う相手もいない中、まとまった話を少なくとも３分程度は一人でしなければならないので、それなりの準備を要する。

【手順】

１．「わたしの国の伝説」というタイトルで原稿（作文）を書く。

２．下記の例のような、よく使う表現を提示する。

・わたしの国に伝わっている伝説を紹介します

・わたしの国には次のような伝説があります

・〜という〜がありました／いました

・〜というところがありました／人がいました

　　　　・こうして〜は…となりました

　　　　・〜が…したのは…からだと伝えられています

　　　　・今でもそれは謎のままです、など

３．教師はなるべく学習者と一対一で「書きたいこと、表現したいこと」を確か
　　めながら適切な表現を使うように言い、聞く人にとっておもしろくわかりや
　　すいストーリーになるようにする。

　　なお、「伝説」と限定せず「昔話」でもよいとすれば、もっと書きやすくな
　　るかもしれない。

４．教室を交流会の場と設定し、原稿をもとに発表する。

第12課

Ⅰ．目標

話す・聞く　・苦情を言われて謝る　・事情を説明する

読む・書く　・意見の違いを比べながら読む

Ⅱ．学習項目

	話す・聞く 「ご迷惑をかけてすみませんでした」	読む・書く 「【座談会】日本で暮らす」
本文内容	・アパートの上下階の住人の間に生じた騒音のトラブルを解決する。	・日本の「音」についての日本在住の外国人主婦による座談会。
文法項目	1．…もの／もんだから 2．（1）〜（ら）れる（間接受身〈自動詞〉） 　　（2）〜（ら）れる（間接受身〈他動詞〉）	3．〜たり〜たり 4．〜っぱなし 5．（1）…おかげで、…・…おかげだ 　　（2）…せいで、…・…せいだ
＊補足項目	＊…みたいです（推量）	＊どちらかと言えば、〜ほうだ ＊〜ます／ませんように
新出語	**文法・練習** 演奏会　報告書　あくび 犯人　追いかける　作業　スープ　こぼす シャッター　スプレー　落書きする　夜中 日　当たる［日が〜］ **話す・聞く** 苦情　遅く　［お］帰り あまり　どうしても　自治会　役員　DVD	**文法・練習** 暮らす　書道　蛍光灯 メニュー　バイク　目覚まし時計　鳴る 温暖［な］　家事　ぐっすり［〜眠る］ 迷惑　かける［迷惑を〜］　風邪薬 乗り遅れる **読む・書く** 座談会　カルチャーショック 受ける［ショックを〜］　それまで 騒々しい　アナウンス 分かれる［意見が〜］　奥様 おいでいただく　苦労　中略　おかしな サンダル　ピーピー　たまらない　都会 住宅地　虫　虫の音　車内　ホーム 加える　さっぱり［〜ない］　乗客　安全性 配慮する　含む　チャイム　発車ベル 必ずしも［〜ない］　近所づきあい コマーシャル ＊ハンガリー　ブダペスト　バンコク 　宇都宮　浦安
＊固有名詞		
会話表現	・気がつきませんでした。 ・**どうしても……てしまうんです。** ・**それはわかりますけど、……**	・どちらかと言えば…… ・いい勉強になる
学習漢字		談　暮　司　奥　労　伺　略　受　鳴　販 宅　虫　窓　放　加　鉄　比　配　含 騒　街　踏　丁　寧　慮

Ⅲ．文法・練習

1.  …もの／もんだから

> 「…もの／もんだから」は原因・理由を表します。
>
> ①　急いでいたものですから、かぎをかけるのを忘れてしまいました。
>
> ②　とても安かったものだから、買いすぎたんです。
>
> 「Xものだから Y」は望ましくない Y が起こったとき、弁解したり、それが自分の責任ではないという言い訳のための理由を示すときに用いられることがあります。
>
> ③　A：どうしてこんなに遅くなったんですか。
>
> 　　B：すみません。出かけようとしたら、電話がかかってきたものですから。
>
> 「…ものだから」は「から」「ので」のように、客観的な原因・理由を表すのには適しません。
>
> ④　この飛行機は1時間に300キロ飛ぶ {○から／○ので／×ものだから}、3時間あれば向こうの空港に着く。
>
> 参照　「…から（理由）」：どうして朝、新聞を読みませんか。…時間がありませんから。
>
> (☞『大家的日本語初級Ⅰ』第9課)
>
> 参考
>
> 「ものだから」　　『中上級を教える人のための日本語文法ハンドブック』pp.417–418
>
> 「Xものだから Y」は X が話し手にとって意外なもの・驚きの対象であり、それをきっかけに Y が引き起こされたことを表します。
>
> ・息子は熱があるのに試合に出たものだから、途中で気分が悪くなってしまった。

【練習の留意点とヒント】

◇丁寧に言うときは「…ものですから」、普通体の会話では「…ものだから／もんだから」が使われる。

◇例文1）、例文2）のようにお詫びや断りの場面で「…ものですから」を使うと、話し手の「残念だ」「申し訳ない」という気持ちが伝わる。次のような例を示してその微妙なニュアンスの違いを説明するとよい。あるいは学習者に、相手が目上の人

だったら a)、b) どちらの言い方が適当か考えさせてもよいだろう。

例：クリスマスのピアノコンサート、いっしょにいかがですか。

　　　　a）ありがとうございます。でも、子どもがまだ小さいものですから
　　　　　……。

　　　　　→ せっかく誘ってもらったのに、行けなくて申し訳ないという話し
　　　　　　手の気持ちが感じられる。

　　　　b）ありがとうございます。でも、子どもがまだ小さいですから……。

　　　　　→「小さいから、行けない」とはっきり断っている印象を受ける。

◇「練習1」を普通体でやってみる。

　　　例：A：どうしてこんなに遅くなったの。

　　　　　B：出かけようとしたら、お客さんが来たもんだから。

2.（1） 　～(ら)れる（間接受身（自動詞））

日本語の受身文には、他動詞「Xが（は）YをVする」の目的語Yが主語となる
直接的な受身の他に、「Xが（は）YにVする」のYを主語にする受身文、さら
に他動詞「XがYのZをVする」の目的語Zの所有者Yを主語にする受身文があ
ります。

　　① 先生はわたしを注意した。（を → が（は））

　　　　→ わたしは先生に注意された。

　　② 部長はわたしに仕事を頼んだ。（に → が（は））

　　　　→ わたしは部長に仕事を頼まれた。

　　③ 泥棒がわたしの財布を盗んだ。（の → が（は））

　　　　→ わたしは泥棒に財布を盗まれた　　　（☞『大家的日本語進階Ⅰ』第37課）

さらに、日本語では自動詞「Xが（は）Vする」を受身にすることが可能です。
この場合、Xの動作によって影響を受ける人物が主語になり、悪い影響（迷惑や
被害）を受けたことを表します。

　　④ 昨日雨が降った。（自動詞）

　　　　→ わたしは昨日雨に降られて、ぬれてしまった。（自動詞の受身）

　　⑤ あなたがそこに立つと、前が見えません。（自動詞）

　　　　→ あなたにそこに立たれると、前が見えません。（自動詞の受身）

自動詞の主語の所有者が主語になる場合もあります。

　　⑥ わたしの父が急に死んで、わたしは大学に行けなかった。（自動詞）

　　　　→ わたしは父に急に死なれて、大学に行けなかった。（自動詞の受身）

【練習の留意点とヒント】

◇受身文は『初級Ⅱ』第37課で学習している（上記文法説明①〜③）が、運用レベルにまで達していないことも多い。そのような場合は既習の受身文を十分復習してから当課で学習する受身を導入するのが望ましい。

2．（2）　~（ら）れる（間接受身（他動詞））

> 迷惑や被害を受けたことを表す受身は他動詞にも使うことができます。
> ①　こんなところに信号を作られて、車が渋滞するようになってしまった。
> ②　わたしの家の前にゴミを捨てられて困っています。
>
> 参照　「~（さ）せられる／~される（使役受身）」：
> ・太郎君は先生に掃除をさせられた。　　　　　　（☞『大家的日本語中級Ⅰ』第4課）
>
> 参考
> 「受身文の種類」　　　　『初級を教える人のための日本語文法ハンドブック』p.294–295
> 「間接受身文」　　　　　『中上級を教える人のための日本語文法ハンドブック』p.116–122
> 間接受身文の動作主はかならず「に」で表します。「によって」は使えません。
> ・隣の人｛に／×によって｝高いビルを建てられて、朝日が入らなくなってしまった。
> 間接受身文は、①のように自動詞文から作ったものも、②のように他動詞文から作ったものもありますが、どちらも能動文にはない名詞（人）が主語になります。
> ①　夜中に赤ちゃんに泣かれて困った。
> ②　となりの学生にテストを見られた。
> 「頭」のように受身文の主語「子犬」の所有物を対象にする受身を「持ち主の受身」と呼ぶことがあります。
> ・子犬は母に頭をなでられてうれしそうだ。
> 間接受身文は主語（人）が悪い影響（迷惑や被害）を受けたことを表しやすいため、いい影響（恩恵）を明確に表したい場合は「てもらう」を使います。
> ・わたしは父に写真を撮ってもらった。

【練習の留意点とヒント】

◇『進階Ⅰ』第37課では「話し手の持ち物・体の一部」についての他動詞の受身を学習した。
　①　わたしは泥棒に財布をとられた。
　②　わたしはだれかに足を踏まれた。
①②の文では、「財布をとる」「足を踏む」という話し手（わたし）に向けられた行為によって迷惑を受けたことを表すのに対して、当課で学習する他動詞の受身は、

その行為が話し手に直接向けられたものではないが、話し手にとっては迷惑である
ことを表す。

    ③　隣に高いビルを建てられて日が当たらなくなりました。

    ④　夜中に洗濯されて、寝られませんでした。

③は「高いビルを建てる」こと自体は迷惑な行為ではなく、また話し手に直接かか
わる行為ではないが、それが話し手にとっては、はた迷惑なことであるということ
を表している。④も「夜中に洗濯する」ことは話し手に向けて行われた行為ではな
いが、話し手は、それによって迷惑を受けているのである。

◇苦情を言う練習をする

    例：「生活上の困り事は相談窓口へ」

    いろいろなトラブルを市役所や警察に訴えたり相談したりする。

    ・ごみを集める日を減らされると困る。

    ・うちの庭にペットボトルを捨てられて困っている。

    ・毎晩、近くの公園で夜遅くまで花火をされて、寝られない。

3.　$\boxed{\text{〜たり〜たり}}$

Vたり

いA　→　−いかったり

なA　→　−だったり

N　→　−だったり

（1）「〜たり〜たり」は、いくつかの動作の中から適当な例を２つくらい示す表
　　　現です。

    ①　休みの日は、洗濯をしたり、掃除をしたりします。

（『大家的日本語初級Ⅱ』第 19 課）

（2）「V₁たりV₂たり」は、V₁とV₂に反対の意味の動詞を用いてV₁とV₂が交
　　　互に起こることも表せます。

    ②　映画を見ているとき笑ったり泣いたりしました。

    ③　この廊下は人が通ると、電気がついたり消えたりします。

種類がいろいろ考えられる場合、形容詞にも接続します。

    ④　この店の食べ物は種類が多くて、甘かったり辛かったりします。

【練習の留意点とヒント】

◇既習のことばから反対の意味を持つことばのペアを集め、それを使って文を作らせ
　るとよい。

　　例：寝る・起きる　→　まだ病気が治っていないので寝たり起きたりしています。

　　　　褒める・叱る　→　子どもは褒めたり叱ったりして育てましょう。

　他に「着る・脱ぐ」「開ける・閉める」「泣く・笑う」などがある。

4. ～っぱなし

Ｖます形　＋　っぱなし

> 「～っぱなし」は、～したあと、普通ならばあとに続くことが起こらないので「同じ状態が長く続いていて悪い」という意味です。「～」には、動詞のます形（語幹）を入れます。
>
> 　　①　服が脱ぎっぱなしだ。片づけないから、部屋が汚い。
>
> 　　②　こらっ。ドアが開けっぱなしだよ。早く閉めなさい。
>
> 　参照　「～たまま、…・～のまま、…」：
>
> 　　　　眼鏡をかけたまま、おふろに入った。　　　　（☞『大家的日本語中級Ⅱ』第8課）
>
> 　参考
>
> 「～っぱなし」はほとんどの場合、否定的な意味で使いますが、「～まま」は「ペットがいるので、エアコンをつけたまま外出しました」のように、必ずしも否定的ではありません。

【練習の留意点とヒント】

◇エコ生活のためにできることを話し合う。

　「もったいないからこんなことはやめよう」と思うことをリストにする。

　　例：・一日中テレビをつけっぱなしにしない。

　　　　・歯を磨くときや顔を洗うときは、水を出しっぱなしにしない。

　　　　・冷蔵庫のドアを開けっぱなしにしない。

5.（1）…おかげで、…・…おかげだ

「Xおかげで、Y・Xおかげだ」は、Xという原因からよい結果Yが生じたとき
に用います。

① 先生が手紙を書いてくださったおかげで、大きい病院で研修を受けられるこ
とになった。
② 値段が安かったおかげで、たくさん買えました。
③ 地図の説明が丁寧なおかげで、待ち合わせの場所がすぐにわかりました。
④ 皆様のおかげで、スピーチ大会で優勝することができました。

5.（2） …せいで、…・…せいだ

V
いA ｝ 普通形
なA 普通形
－だ → な ｝ ＋ ｛ せいで
せいだ
N 普通形
－だ → の

反対に、悪い結果が生じたときには「…せいで・…せいだ」を用います。
① 事故のせいで、授業に遅れてしまった。
② ｛風邪薬を飲んでいる／風邪薬の｝せいで、眠くなった。

【練習の留意点とヒント】
◇「…おかげで」には原因となる人や事柄に対する話し手の感謝の気持ちがともなう。
反対に「…せいで」にはマイナス結果の原因を相手や対象の事物に押しつけるニュ
アンスがある。特に「XせいでY」のXが他者の場合はXへの責任転嫁ととられる
ことがあるので運用には注意するよう言っておく。テキストの「Xせいで」の例文
はXが「わたし」か「事柄」になっている。

◇（2）「練習1」を発展させた練習
「あなたはネガティブシンキング？　ポジティブシンキング？」
次のような文をカードに書いて裏返しにして置く。2人ペアになり、1枚ずつめ
くってAは「…せいで」、Bは「…おかげで」を使って文を作る。

例1：料理の下手な人と結婚した
→ 料理の下手な人と結婚したおかげで、料理が上手になった。
→ 料理の下手な人と結婚したせいで、外で食事をすることが多くなって
しまった。

例２：居酒屋でアルバイトした

　　　→ 居酒屋でアルバイトしたおかげで、たくさん友達ができた。

　　　→ 居酒屋でアルバイトしたせいで、お酒を飲むようになった。

　　　・大きい企業に就職した

　　　・海外旅行の予定を変更した

　　　・夫婦喧嘩

　　　・雪

【補足項目】

…みたいです（推量）（話す・聞く）

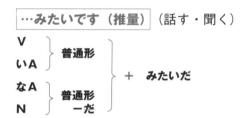

「…みたいです」は、外観などの状況からの判断であることを表します。

　　① 電気が消えているね。隣の部屋は留守みたいだね。

　　② 田中さんはお酒を飲んだみたいです。顔が赤いです。

「…みたいです」は「…ようだ」と同じ意味ですが、書きことばや改まった話しことばでは「…ようだ」を使います。

　　③ 資料が届いたようですので、事務室に取りに行ってまいります。

　　参照　「…ようだ（状況からの判断）」：

　　　　・隣の部屋にだれかいるようです。　　　　　　（☞『大家的日本語進階Ⅱ』第47課）

どちらかと言えば、～ほうだ（読む・書く）

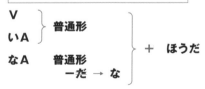

「どちらかと言えば、Xほうだ」は、「厳密に言えば、完全にXではない」が、「XかXないか」をはっきり言わずに大ざっぱに言うならXとなることを表します。

① この辺りには高い店が多いのですが、この店はどちらかと言えば、安いほうです。
② わたしはどちらかと言えば、好き嫌いはあまりないほうだ。
③ この町は私の国ではどちらかと言えば、にぎやかなほうです。
④ 食事しながらお酒を飲みますか。

…そうですね。いつもではありませんが、どちらかと言えば、飲むほうですね。

～ます／ませんように （読む・書く）

（1）「～ますように／～ませんように」は「～こと／～ないことを願う／希望する／祈る」という意味で、独り言や他人への注意として「どうか」「どうぞ」といっしょに用いられることが多い。
① 優しい人と結婚できますように。
② どうか大きい地震が起きませんように。
③ 先生もどうぞ風邪をひかれませんように。

IV. 話す・聞く 「ご迷惑をかけてすみませんでした」
【目標】

① 生活騒音のことで苦情を言われ、事情を説明して謝る。
② 相手と相談して解決策を見出す。

・文句や苦情を言われたとき、ただ謝るだけではなく、自分の事情や状況をきちんと説明して謝ることができる。その上で解決策を話し合い、相手と良好な人間関係を築くことができるようになる。
・アパートなどの共同住宅で何かトラブルが起きた場合、直接相手に苦情を言う場合もあるが、まずは管理人などに言うなり相談するなりする場合が多い。学習者の中には「直接相手に言えばいい」と思う学習者もいるかもしれないが、そのような慣習を考慮して、当課「会話」では管理人から苦情を言われる場面から始めている。

1. やってみましょう

　　今、住んでいるところで、近所の人に苦情を言われたことがあるかどうか、あるとすればどんなことで苦情を言われたか、どのように解決したか聞いてみる。反対に苦情を言ったことがあるかどうかも聞いてみるとよい。

2. 聞いてみましょう

　　登場人物：管理人（ミラーのアパートの管理人）

　　　　　　　ミラー（IMCの社員）

　　　　　　　野村（ミラーと同じアパートの住人、ミラーの部屋の階下に住んでいる）

　　場　　面：①　夜9時ごろ　アパートの管理人室の前

　　　　　　　②　次の日の夜8時ごろ　野村さん宅の玄関

3. もう一度聞きましょう

・あれ？　雨ですか／途中で降られてしまいました／それは大変でしたね

　　これらのせりふから、管理人が雨が降っていたのを知らなかったこと、ミラーさんの様子を見て（服がぬれている、ハンカチで頭を拭いているなど）それを知ったこと、ミラーさんは傘を持っていなかったことなど、会話場面の状況をつかませる。

・下の野村さん

　　「ミラーさんの部屋の階下の部屋」の意味

・そうなんですか

　　注意や指摘を受けたときにこのように答えると、「自分は知らなかった、初めてそのことを聞いた（だから知っていてやったのではない）、注意してもらってわかった」という言外の意味が含まれる。

・いつもお帰りが遅いみたいですね。

　　「〜みたいです」は「〜ようです」と同じく推量を表す。会話では「〜みたいです」がよく使われる。

・あまり遅い時間に洗濯されるとちょっと

　　「ある程度は許容するが、程度を超えると困る」という意味。苦情や反対する気持ちを柔らかく言っている。「あまり〜ない」とは意味が違うことに留意する。

　　　　例：・アパートを探すのなら、駅から遠いほうが環境はいいですよ。

　　　　　　　　…そうかもしれませんが、〜

　　　　　　・とても人気のあるレストランなんだから、少しぐらい待つのはしかたないよ。

　　　　　　　　…それはわかるけど、〜

4．言ってみましょう

・会話の最初の部分は声のトーン、間の取り方で話題の転換が伝わるように言う。

お帰りなさい。（間）あれ？　雨ですか。

それは、大変でしたね。（間）あの、ちょっとお話があるんですが……。

・「そうなんですか」は下降イントネーションであることに注意する。

5．練習をしましょう

1）どうしても

ここでは「本当はそうしたいが、いろいろ事情があってできない」という気持ち
を伝えるのに使う。

　　例：○寮の住人　　●寮の管理人

（1）○アルバイトの学生　　●アルバイト先の店長

（2）○留学生会の会員　　●留学生会の会長

2）それはわかりますけど

相手の言い分に理解を示して受け止めた上で、相手とは相容れない自分の主張や
意見を言うときに使う。

　　例：○客　　●レストラン店長

（1）○自治会の役員を引き受けてくれるよう頼む人

　　　●自治会役員を頼まれた人

（2）○●友達同士

6．会話をしましょう

イラスト	会話 （ゴシック体は使ってほしい表現）	会話の流れ
[夜9時ごろ　アパートの管理人室の前で] 1）	管理人：　あ、ミラーさん、お帰りなさい。あれ、雨ですか。 ミラー：　ええ。途中で降られてしまいました。 管理人：　それは大変でしたね。あの、ちょっとお話があるんですが……。 ミラー：　何でしょうか。	〈声をかける〉 〈話を切り出す〉
2）	管理人：　下の野村さんから苦情があってね。夜遅く、洗濯機の音が聞こえて寝られないそうですよ。 ミラー：　えっ、そうなんですか。気がつきませんでした。野村さんにはわたしからちゃんと謝っておきます。	〈苦情を伝える〉 苦情にどのように対応するか言う
[次の日の夜8時ごろ　野村さん宅の玄関で] 3）	ミラー：　301号室のミラーです。 　　　　　……………… ミラー：　あのう、管理人さんから洗濯機の音でご迷惑をかけてるって聞いたんですが。 野　村：　ああ、そのことですか。 ミラー：　どうもすみませんでした。音が下まで聞こえるとは思わなかったものですから。 野　村：　いつもお帰りが遅いみたいですね。 ミラー：　ええ。残業が多いので、掃除や洗濯が**どうしても**夜になっ**てしまうんです。**	 用件を切り出す 言い訳して謝る 理由（事情）を説明する
4）	野　村：　**それはわかりますけど、**あまり遅い時間に洗濯されるとちょっと……。子どもが寝る時間なので。 ミラー：　すみません。何時ごろまでならよろしいでしょうか。 野　村：　できれば10時ごろまでにしてもらえますか。 ミラー：　わかりました。そのころまでには済ませるようにします。 野　村：　お願いします。 ミラー：　ご迷惑をかけてすみませんでした。 野　村：　いいえ。	〈困っているということを柔らかく言う〉 相手の要望を聞く 〈要望を言う〉 相手の要望を受け入れる もう一度謝る

7. チャレンジしましょう

【ロールプレイ】

・アパートの管理人から、隣のBからうるさいと苦情があったことを聞いたAがBのうちへ謝りに行く。

[Bさんのうちの玄関]　　　　　　　　　　　　　　　　　　　　　　ロールカードA

A、B：同じアパートの住人で部屋が隣同士

あなたはAです

毎週末、友達がたくさん遊びに来ます。友達と部屋で音楽を聴きながら、飲んだりおしゃべりをしたりするのが、今、いちばんの楽しみです。

管理人さんから、隣のBさんからうるさいと苦情が出ていると聞きました。

Bさんのうちへ謝りに行きました。

・理由を言って、Bさんに謝ってください。

・自分の事情を説明してください。

・どうすれば問題が解決するか、Bさんの要望を聞いてください。

[自分のうちの玄関]　　　　　　　　　　　　　　　　　　　　　　ロールカードB

A、B：同じアパートの住人で部屋が隣同士

あなたはBです

隣のAさんの部屋に毎週末、たくさん人が集まって騒いでいます。夜遅くまでうるさいので注意してほしいとアパートの管理人に言っておきました。

・Aさんが来たら話を聞いてください。

・夜9時を過ぎたらもう少し静かにするように言ってください。

【会話例】

[夜　Bさんのうちの玄関で]

A：　隣のAです。

　　　・・・・・

A：　あのう、管理人さんからうるさくてご迷惑をかけてるって聞いたんですが。

B：　ああ、そのことですか。

A：　どうもすみませんでした。声がお隣まで聞こえるとは思わなかったものですから。

B：　いつも週末にたくさんお友達がいらっしゃるみたいですね。

A：　ええ。一人暮らしなので友達といっしょに飲んだり、おしゃべりしたりするのがいちばんの楽しみなんです。

B：　それはわかりますけど、あまり遅くまで騒がれるとちょっと……。

A：　すみません。何時ごろまでならよろしいでしょうか。

　　　B：　そうですねえ。できれば9時を過ぎたらもう少し静かにしていただけますか。

　　　A：　わかりました。静かにするようにします。

　　　B：　お願いします。

　　　A：　ご迷惑をかけてすみませんでした。

　　　B：　いいえ。

［評価のポイント］

・理由を言って丁寧に謝ったか。

　　例：どうもすみませんでした。～ものですから

・自分の事情を言って理解を求めたか。

・解決のために相手の要望を聞いたか。

・最後にもう一度丁寧に謝ったか。

　　例：ご迷惑をかけてすみませんでした

Ⅴ．読む・書く　「【座談会】日本で暮らす」

【目標】

> ①　座談会を記録した文章を読み、座談会の出席者の意見を的確に読み取る。
>
> ②　意見の違いを比べるために、それぞれの発言を拾い読みする。
>
> ③　座談会で発言する。
>
> ④　メールで近況報告を書く。

1．考えてみましょう

１）海外で学んでいる学習者には、どこか自国以外の国に行ったり、住んだりしたときの経験を話してもらう。

２）「音」だけでなく「声」も含めてカルチャーショックの経験を話す。学習者からあまり発言がなければ、次のような例を挙げて聞いてみるとよい。

　　車のクラクション、駅のアナウンス、食事をするときの音

2．ことばをチェックしましょう

騒音*、騒々しい、カルチャーショック、アナウンス、安全［な］*

3．読みましょう／4．答えましょう

日本の出版の世界では座談会、鼎談、対談などの記録が本や雑誌・新聞等に載るこ

とが多く、よく読まれることを紹介しておくとよい。学習者の国ではどうか、また国でそのような記事をよく読んだか聞いておくと、学習者のレディネスがわかり、指導に生かせる。また、談話を記録した文章に慣れることを目指す。

【手順・留意点】

1．新出語「座談会」の意味を確認する。
2．まず冒頭の出席者名、司会者の発言の部分だけを読ませ、座談会の内容を推測させる。
3．読むときのポイントのタスクを行うために、例えば、ベルタさんならベルタさんの発言だけを拾い読みする（他の人のも同じように、それだけを拾い読みする）ように指示し、黙読させる。時間は6分程度。一人の発言だけを拾い読みしていくこのような読み方は、意見の違いを把握するには有効である。
4．答えましょうの設問で内容が理解できているか確認する。
5．CDを聞き、その後音読の練習をする。

5．チャレンジしましょう

1）司会者もできるだけ学習者の中から選ぶようにする。クラスの人数が少ない場合や適任者がいないなど、やむをえないときには教師が司会をしてもかまわない。12課まで学習してきた学習者のレベルでは「発言を促す／意見を言う」という簡単なやり取りに終始することなく、さらに踏み込んだ説明を求めたり、相手の意見を受けて反対意見を言ったりできるよう指導する。次のような表現を使うように促すとよい。

　　・……って、……ということですか。
　　・……ということを、もう少し詳しく説明してもらえませんか。
　　・……って、例えばどんなことですか。
　　・今おっしゃったような見方／考え方もあるとは思いますが、他の見方／考え方もあるのではないでしょうか。

2）次の文章の流れにしたがって、座談会で話されたことを近況報告の中に取り込んでまとめる。なお、実際にメールで送ることが最善なのだが、学習環境によってはできない場合もあるだろう。その場合には送るつもりで次の表現を練習してから書くと有効である。

　　・……は次の……です。
　　・……は……という意見でした。
　　・……は……と言っていました。
　　・……という話には驚きました。
　　・……を改めて実感しました。

宛名
↓
挨拶・名乗り
↓
最近の自分の様子
↓
座談会のこと
↓
終わりの挨拶

＿＿＿＿＿＿先生／さん

＿＿＿＿（挨拶）＿＿＿＿。＿＿＿＜氏名＞＿＿＿
です。
＿＿＿＿＿＿＿＿＿＿＿＿＿＿＿＿＿＿＿＿＿＿
＿＿＿＿＿＿＿＿＿＿＿＿＿＿＿＿＿＿＿＿＿＿
＿＿＿＿＿＿＿＿＿＿＿＿＿＿＿＿＿＿＿＿＿。

先日、わたしたちの日本語のクラスで＿＿＿＿＿
について座談会をしました。

＿＿＿＿＿＿＿＿＿＿＿＿＿＿＿＿＿＿＿＿＿＿
＿＿＿＿＿＿＿＿＿＿＿＿＿＿＿＿＿＿＿＿＿＿
＿＿＿＿＿＿＿＿＿＿＿＿＿＿＿＿＿＿＿＿＿＿
＿＿＿＿＿＿＿＿＿＿＿＿＿＿＿＿＿＿＿＿＿＿
＿＿＿＿＿＿＿＿＿＿＿＿＿＿＿＿＿＿＿＿＿＿
＿＿＿＿＿＿＿＿＿＿＿＿＿＿＿＿＿＿＿＿＿＿
＿＿＿＿＿＿＿＿＿＿＿＿＿＿＿＿＿＿＿＿＿＿
＿＿＿＿＿＿＿＿＿＿＿＿＿＿＿＿＿＿＿＿＿。

また、メールします。お元気でお過ごしくださ
い。

第Ⅲ部

資料編

1．使役受身の作り方

	辞書形		使役受身						作り方
Ⅰ	か	く	か	か	せられる	か	か	される	ない形 ＋せられる／される
	いそ	ぐ	いそ	が	せられる	いそ	が	される	
	の	む	の	ま	せられる	の	ま	される	
	はこ	ぶ	はこ	ば	せられる	はこ	ば	される	
	つく	る	つく	ら	せられる	つく	ら	される	
	てつだ	う	てつだ	わ	せられる	てつだ	わ	される	
	も	つ	も	た	せられる	も	た	される	
	はな	す	はな	さ	せられる				ない形＋せられる
Ⅱ	たべ	る		たべ	させられる				ない形＋させられる
	しらべ	る		しらべ	させられる				
	い	る		い	させられる				
Ⅲ	く	る		こ	させられる				ない形＋させられる
	す	る			させられる				する→させられる

＊Ⅰグループの動詞は使役形 -(s)asu 型に -areru を付けた「書かされる」とするのが一般的ですが、-(s)aseru 型に -rareru を付けた「書かせられる」も用いられます。
「話す」など語幹が s で終わる動詞は同じ音の連続が嫌われるため「話させられる」のほうが普通です（『初級を教える人のための日本語文法ハンドブック』pp.293–294）。

２．動詞のフォーム

課		13課	18課	17課	19課	14課
フォーム		ます形	辞書形	ない形	た形	て形
Ⅰ		かき｜ます	かく	かか｜ない	かいた	かいて
Ⅱ		たべ｜ます み｜ます	たべる みる	たべ｜ない み｜ない	たべた みた	たべて みて
Ⅲ		し｜ます き｜ます	する くる	し｜ない こ｜ない	した きた	して きて
後続句	初級Ⅰ・Ⅱ／進階Ⅰ・Ⅱ	－ましょう（6） －ませんか（6） －に いきます（13） －たいです（13） －ましょうか（14） －ながら（28） －そうです（43） －すぎます（44） －やすいです（44） －にくいです（44） お－に なります（49） お－ください（49） お－します（50）	－ことが できます（18） －ことです（18） －まえに（18） －と（23） －つもりです（31） －な（33） －とおりに（34） －ように（36） －ように します（36） －ように なります（36） －のは（38） －のが（38） －のを（38） －ために（42） －のに（42） －ばあいは（45） －はずです（46） －ところです（46）	－ないで ください（17） －なければ なりません（17） －なくても いいです（17） －ない つもりです（31） －ない ほうが いいです（32） －ないで（34） －ないように（36） －ないように します（36） －なく なります（36） －なくて（39） －ない ばあいは（45） －ない はずです（46）	－ことが あります（19） －り、－り します（19） －ら（25） －ほうが いいです（32） －とおりに（34） －あとで（34） －ばあいは（45） －ところです（46）	－います（14、15、28、29） －ください（14） －も いいです（15） －は いけません（15） －から（16） －あげます（24） －もらいます（24） －くれます（24） －も（25） －いただけませんか（26） －しまいます（29） －あります（30） －おきます（30） －みます（40） －いただきます（41） －くださいます（41） －やります（41） －きます（43） －いる ところです（46）
	中級Ⅰ・Ⅱ	－そうな N（3） －そうに V（3） －そうもない（3） －たがる（4） －たがっている（4） お－です（9） －出す（10） －始める・－終わる・－続ける（10） －忘れる・－合う・－換える（10） －っぱなし（12）	－こと＋は／が／を（1） －ように V（言う、注意する、伝える、頼む）（2） －ことにする（3） －ことにしている（3） －ことになる（3） －ことになっている（3） －つもりはない（6） －つもりだった（6） －まで（8） －までに（8） －ことが／もある（10） －より－ほうが…（11）	－ないことにする（3） －ないことにしている（3） －ないことになる（3） －ないことになっている（3） －ないでほしい（3） －ないつもりだった（6） －なくてはならない／いけない（7） －なくてもかまわない（7） －ないことが／もある（10） －ず［に］…（11） －ず、…（11）	－ら、－（2） －あと、…（3） 移動V－ところ（5） －つもり（6） －N（名詞修飾）（8） －まま（8） －ら、…た（9） －結果、…（10） －ら［どう］？（11） －り－り（12）	－もらえませんか（1） －いただけませんか（1） －もらえないでしょうか（1） －いただけないでしょうか（1） 疑問詞－も（1） －ほしい（3） －いるつもり（6） －ばかりいる（6） N ばかり－いる（6） －くる（事態の出現）（6） －くる（近づく）（6） －いく（離れる）（6） －くれ（7） －いるあいだ（8） －いるあいだに（8） －もかまわない（9） －くる（変化）（11） －いく（変化）（11） －いる（経験・経歴）（11）

31 課	33 課	35 課	27 課	37・49 課	48 課	中級 4 課
意向形	命令形	条件形	可能	受身・尊敬	使役	使役受身
かこう	かけ	かけば	かける	かかれる	かかせる	かかせられる／かかされる
たべよう みよう	たべろ みろ	たべれば みれば	たべられる みられる	たべられる みられる	たべさせる みさせる	たべさせられる みさせられる
しよう こよう	しろ こい	すれば くれば	できる こられる	される こられる	させる こさせる	させられる こさせられる
―と おもっています（31）		―ば辞書形ほど（35）			―せて いただけませんか（48）	
―とする／しない（5）		―ば、…た（9）		間接受身 ＜自動詞＞ ＜他動詞＞ （12）	―せてもらえませんか（3） ―せていただけませんか（3） ―せてもらえないでしょうか（3） ―せていただけないでしょうか（3） 感情使役（7）	感情使役の受身（7）

	20 課	初級Ⅰ・Ⅱ	中級Ⅰ
	普通形		
Ⅰ	かく かかない かいた かかなかった	―と おもいます（21） ―と いいます（21） ―でしょう（21） ―とき（23） ―んです（26） ―し、―し（28） ―かも しれません（32） ―と いって います（33） ―のは N です（38） ―のを しって います（38） ―ので（39） ―か（40） ―か どうか（40） ―のに（45） ―ようです（47） ―そうです（47）	―のだ・―のではない（1） ―という＋ことだ（2） ―という N（発話や思考を表す名詞）（2） ―ということだ（伝聞）（4） ―の・―の？（4） ―［という］こと＋格助詞（4） ―んじゃない？（5） ―のだろう？（5） ―だろう（5） ―て／って…（引用）（6） ―って…（主題）（6） ―とか（6） ―だけだ・［ただ］―だけでいい（7） ―かな（7） ―なんて（7） ―なら（7） ―からだ（8） ―のは、―からだ（8） ―ほど～ない（9） ―ほどではない（9） ―ため［に］（9） ―ためだ（9） ―はずだ（10） ―はずが／はない（10） ―はずだった（10） ―ということになる（10） ―らしい（11） ―もの／もんだから（12） ―おかげで・―おかげだ（12） ―せいで・―せいだ（12） ―みたいだ（12） どちらかと言えば、―ほうだ（12）
Ⅱ	たべる たべない たべた たべなかった		
Ⅲ	する しない した しなかった くる こない きた こなかった		

3．学習漢字五十音順索引

＊以下の配列は『常用漢字表』による。
＊提出語については本冊巻末「漢字索引」を参照。
＊網かけの音訓は特別なもの、または用法のごく狭いもの。

	音読み	訓読み	初出課	提出語					
位	イ	くらい	3	1位	位置				
違	イ	ちが**う**、ちが**える**	2	違い	間違い	間違える			
遺	イ、ユイ		11	世界遺産					
緯	イ		5	経緯度					
域	イキ		9	地域					
因	イン	**よる**	10	原因					
宇	ウ		2	宇宙					
雲	ウン	くも	8	きのこ雲					
影	エイ	かげ	9	影響					
演	エン		9	演奏					
央	オウ		5	中央					
奥	オウ	おく	12	奥様					
憶	オク		10	記憶					
化	カ、ケ	**ばける、ばかす**	1	文化	お化け	多様化			
加	カ	くわ**える**、くわ**わる**	12	加える					
価	カ	あたい	11	価値					
果	カ	は**たす**、は**てる**、は**て**	10	結果					
科	カ		8	科学者					
過	カ	す**ぎる**、す**ごす**、あやま**つ**、あやま**ち**	3	過ごす	過去				
介	カイ		8	紹介する					
快	カイ	こころよ**い**	1	快適					
械	カイ		4	機械					
絵	カイ、エ		8	絵					
階	カイ		11	階					
解	カイ、ゲ	とく、と**かす**、と**ける**	6	解決					
壊	カイ	こわ**す**、こわ**れる**	11	壊れる					
街	**ガイ、カイ**	まち	12	街全体					
確	カク	たし**か**、たし**かめる**	2	正確	確認する				
活	カツ		10	生活					
甘	カン	あま**い**、あま**える**、あま**やかす**	7	甘い					

	音読み	訓読み	初出課	提出語					
完	カン		11	完成					
乾	カン	かわく、かわ**かす**	1	乾いた					
患	カン	わずら**う**	10	患者					
勧	カン	すすめ**る**	4	勧める					
感	カン		3	感じる					
慣	カン	な**れる**、なら**す**	5	習慣					
管	カン	くだ	11	保管する					
関	カン	せき	8	関心	関係なく				
簡	カン		2	簡単					
観	カン		3	悲観的な	観察する				
丸	ガン	まる、まる**い**、まる**める**	7	丸い	丸				
含	ガン	ふく**む**、ふく**める**	12	含まれる					
危	キ	あぶ**ない**、あや**うい**、あや**ぶむ**	3	危険					
奇	キ		10	奇数					
季	キ		3	季節					
紀	キ		9	世紀					
記	キ	しる**す**	6	記者	記憶				
飢	キ	う**える**	11	飢きん					
寄	キ	よ**る**、よ**せる**	9	年寄り					
喜	キ	よろこ**ぶ**	9	喜ぶ					
期	キ、ゴ		11	期待					
輝	キ	かがや**く**	8	輝いている					
機	キ	はた	4	機械	電話機	販売機	飛行機		
技	ギ	わざ	8	技術					
議	ギ		6	不思議な					
喫	キツ		9	喫茶店					
客	キャク、カク		1	お客さん	客間	客	乗客		
逆	ギャク	さか、さから**う**	5	逆に					
吸	キュウ	す**う**	1	呼吸					
球	キュウ	たま	5	南半球	北半球				
居	キョ	い**る**	1	居間					
許	キョ	ゆる**す**	9	特許					
共	キョウ	とも	8	共通する	共通語				

	音読み	訓読み	初出課	提出語				
協	キョウ		11	協力する				
郷	キョウ、ゴウ		11	白川郷				
競	キョウ、ケイ	きそう、せる	9	競争				
響	キョウ	ひびく	9	影響				
局	キョク		4	結局				
句	ク		5	文句				
苦	ク	くるしい、くるしむ、くるしめる、にがい、にがる	2	苦手	苦労			
具	グ		1	家具	具体的	道具		
偶	グウ		10	偶数				
掘	クツ	ほる	11	掘り当てる	発掘			
君	クン	きみ	10	聖人君子				
形	ケイ、ギョウ	かた、かたち	11	形				
係	ケイ	かかる、かかり	9	関係				
型	ケイ	かた	10	～型（がた）	型（かた）			
経	ケイ、キョウ	へる	5	経緯度	経済			
傾	ケイ	かたむく、かたむける	3	傾向				
決	ケツ	きめる、きまる	6	解決	決める			
結	ケツ	むすぶ、ゆう、ゆわえる	4	結局	結構	結果		
潔	ケツ	いさぎよい	1	清潔に				
件	ケン		11	条件				
軒	ケン	のき	11	～軒				
健	ケン	すこやか	8	健康				
険	ケン	けわしい	3	危険				
嫌	ケン、ゲン	きらう、いや	4	電話嫌い	嫌い	大嫌い		
権	ケン、ゴン		11	権力				
懸	ケン、ケ	かける、かかる	3	一生懸命				
原	ゲン	はら	10	原因	原料			
現	ゲン	あらわれる、あらわす	6	現在	現金			
厳	ゲン、ゴン	おごそか、きびしい	11	厳しい				
呼	コ	よぶ	1	呼吸				
故	コ	ゆえ	10	事故				
誇	コ	ほこる	9	誇る				

	音読み	訓読み	初出課	提出語					
娯	ゴ		9	娯楽					
功	コウ、ク		6	成功					
交	コウ	まじわる、まじえる、まじる、まざる、まぜる、かう、かわす	10	交通事故					
向	コウ	むく、むける、むかう、むこう	3	傾向	向き合う	向き			
抗	コウ		11	抵抗					
幸	コウ	さいわい、さち、しあわせ	3	幸せな					
貢	コウ、ク	みつぐ	11	年貢					
康	コウ		8	健康					
黄	コウ、オウ	き、こ	11	黄金					
硬	コウ	かたい	1	硬い					
構	コウ	かまえる、かまう	4	結構					
興	コウ、キョウ	おこる、おこす	1	興味					
号	ゴウ		10	番号					
刻	コク	きざむ	3	遅刻する					
困	コン	こまる	10	困った					
根	コン	ね	11	屋根					
査	サ		3	調査					
差	サ	さす	5	差別					
座	ザ	すわる	1	座布団	座談会				
済	サイ	すむ、すます	8	経済					
最	サイ	もっとも	1	最も	最近	最高			
歳	サイ、セイ		3	二十歳（はたち）	～歳				
際	サイ	きわ	8	国際					
在	ザイ	ある	6	現在					
材	ザイ		1	材料					
財	ザイ、サイ		10	財布					
察	サツ		5	観察					
雑	ザツ、ゾウ		2	複雑	雑誌				
蚕	サン	かいこ	11	蚕（かいこ）					
残	ザン	のこる、のこす	4	残念	残らず				
史	シ		11	歴史					
司	シ		12	司会					

137

	音読み	訓読み	初出課	提出語				
伺	シ	うかがう	12	お伺いする				
指	シ	ゆび、さす	10	指（ゆび）	指す			
師	シ		5	教師				
飼	シ	かう	11	飼う				
誌	シ		6	雑誌				
次	ジ、シ	つぐ、つぎ	7	次々に	次	次に		
治	ジ、チ	おさめる、おさまる、なおる、なおす	9	治す	治める			
式	シキ		4	葬式				
識	シキ		3	意識	常識			
失	シツ	うしなう	3	失敗	失礼な			
湿	シツ	しめる、しめす	1	湿気				
実	ジツ	み、みのる	5	実は	実験			
取	シュ	とる	1	取る	取れる	取り付ける	聞き取る	
酒	シュ	さけ、さか	10	酒				
受	ジュ	うける、うかる	12	受ける				
収	シュウ	おさめる、おさまる	11	収入				
修	シュウ、シュ	おさめる、おさまる	11	修理				
柔	ジュウ、ニュウ	やわらか、やわらかい	1	柔らかい				
術	ジュツ		8	技術	手術			
瞬	シュン	またたく	3	瞬間				
準	ジュン		10	準備する				
初	ショ	はじめ、はじめて、はつ、うい、そめる	2	初めて	初めは			
助	ジョ	たすける、たすかる、すけ	7	助ける				
床	ショウ	とこ、ゆか	1	床				
将	ショウ		6	将来				
消	ショウ	きえる、けす	7	消す	消える			
笑	ショウ	わらう、えむ	7	笑う				
紹	ショウ		8	紹介する				
掌	ショウ	（△てのひら）	11	合掌造り	掌（てのひら）			
象	ショウ、ゾウ		8	対象				
条	ジョウ		11	条件				
城	ジョウ	しろ	11	帰雲城	城			
常	ジョウ	つね、とこ	1	非常に	常識	日常生活	日常	

	音読み	訓読み	初出課	提出語					
畳	ジョウ	たた**む**、たたみ	1	畳					
申	シン	もう**す**	4	申し出る					
伸	シン	の**びる**、の**ばす**	8	伸びる					
身	シン	み	2	僕自身					
信	シン		7	信じる					
深	シン	ふか**い**、ふか**まる**、ふか**める**	10	深く					
寝	シン	ね**る**、ね**かす**	3	寝る	寝坊	寝顔			
震	シン	ふる**う**、ふる**える**	7	震える	地震				
数	スウ、ス	かず、かぞ**える**	4	数日	奇数	偶数	数百人		
成	セイ、ジョウ	な**る**、な**す**	3	成人	成功	完成			
性	セイ、ショウ		3	男性	女性	性別	安全性		
清	セイ、ショウ	きよ**い**、きよ**まる**、きよ**める**	1	清潔に					
晴	セイ	は**れる**、は**らす**	8	素晴らしさ					
聖	セイ		10	聖人君子					
製	セイ		11	製造					
静	セイ、ジョウ	しず、しず**か**、しず**まる**、しず**める**	6	静かに					
昔	セキ、シャク	むかし	1	昔					
席	セキ		4	出席する					
接	セツ	つ**ぐ**	4	接続する					
雪	セツ	ゆき	11	雪					
節	セツ、セチ	ふし	3	季節					
絶	ゼツ	た**える**、た**やす**、た**つ**	4	絶対					
戦	セン	いくさ、たたか**う**	3	戦争					
選	セン	えら**ぶ**	9	選ぶ					
全	ゼン	まった**く**	1	全体	全く	全員	全然	全部	安全
然	ゼン、ネン		5	自然	全然				
素	ソ、ス		1	素足	素晴らしい				
組	ソ	く**む**、くみ	1	組み合わせる					
争	ソウ	あらそ**う**	3	戦争	競争				
奏	ソウ	かな**でる**	9	演奏					
相	ソウ、ショウ	あい	2	相手					
窓	ソウ	まど	12	窓					
葬	ソウ	ほうむ**る**	4	葬式					

	音読み	訓読み	初出課	提出語				
想	ソウ、ソ		6	理想				
層	ソウ		11	〜層				
操	ソウ	みさお、あやつ**る**	10	操作する				
騒	ソウ	さわ**ぐ**	12	騒音	騒々しい			
造	ゾウ	つく**る**	11	合掌造り	製造	造る		
贈	ゾウ、ソウ	おく**る**	11	贈る				
速	ソク	はや**い**、はや**める**、すみ**やか**	4	早速	速さ			
続	ゾク	つづ**く**、つづ**ける**	4	接続する	続ける			
対	タイ、ツイ		2	反対	絶対	対象		
宅	タク		12	住宅地				
達	タツ		3	友達				
単	タン		2	簡単	単なる			
誕	タン		9	誕生				
団	ダン、**トン**		1	座布団				
断	ダン	た**つ**、ことわ**る**	4	断る				
暖	ダン	あたた**か**、あたた**かい**、あたた**まる**、あたた**める**	11	暖かい				
談	ダン		12	座談会				
値	チ	ね、あたい	11	価値				
遅	チ	おく**れる**、おく**らす**、おそ**い**	3	遅刻する				
置	チ	お**く**	1	置く	位置			
仲	チュウ	なか	9	仲間				
虫	チュウ	むし	12	虫の音				
宙	チュウ		2	宇宙				
丁	チョウ、テイ		12	丁寧				
兆	チョウ	きざ**す**、きざ**し**	11	〜兆円				
張	チョウ	は**る**	1	板張り				
調	チョウ	しら**べる**、ととの**う**、ととの**える**	3	調査	調べる			
珍	チン	めずら**しい**	1	珍しい				
抵	テイ		11	抵抗				
庭	テイ	にわ	10	家庭				
的	テキ	まと	1	目的	悲観的	具体的		

	音読み	訓読み	初出課	提出語					
適	テキ		1	快適					
鉄	テツ		12	地下鉄					
点	テン		8	～という点					
展	テン		8	発展する					
伝	デン	つた**わる**、つた**える**、つた**う**	11	伝説					
途	ト		8	途上国					
努	ド	つと**める**	5	努力する					
当	トウ	あ**たる**、あ**てる**	7	本当	掘り当てる	本当に			
倒	トウ	たお**れる**、たお**す**	9	倒産する					
等	トウ	ひと**しい**	5	平等					
踏	トウ	ふ**む**、ふ**まえる**	12	踏み切り					
届		とど**ける**、とど**く**	4	届く					
内	ナイ、ダイ	うち	11	家内産業	車内				
難	ナン	かた**い**、むずか**しい**	5	難しい					
認	ニン	みと**める**	10	確認する					
寧	ネイ		12	丁寧					
念	ネン		4	残念					
農	ノウ		11	農作物					
濃	ノウ	こい	7	濃い					
派	ハ		1	立派					
配	ハイ	くば**る**	12	配慮する					
敗	ハイ	やぶ**れる**	3	失敗					
髪	ハツ	かみ	8	髪					
反	ハン、ホン、タン	そ**る**、そ**らす**	2	反対					
板	ハン、バン	いた	1	板張り					
販	ハン		12	販売機					
番	バン		10	番号					
比	ヒ	くら**べる**	12	比べる					
彼	ヒ	かれ、かの	4	彼	彼ら				
非	ヒ		1	非常に					
飛	ヒ	と**ぶ**、と**ばす**	10	飛行機					
悲	ヒ	かな**しい**、かな**しむ**	3	悲観的な					
費	ヒ	つい**やす**、つい**える**	11	費用					

	音読み	訓読み	初出課	提出語				
避	ヒ	さ**ける**	3	避ける				
備	ビ	そな**える**、そな**わる**	10	準備する				
必	ヒツ	かなら**ず**	2	必要	必ずしも			
表	ヒョウ	おもて、あらわ**す**、あらわ**れる**	1	代表	発表する	表れ		
付	フ	つ**ける**、つ**く**	4	取り付ける				
布	フ	ぬの	1	座布団	財布			
怖	フ	こわ**い**	7	怖い				
負	フ	ま**ける**、ま**かす**、お**う**	9	負ける				
浮	フ	う**く**、う**かれる**、う**かぶ**、う**かべる**	8	浮力				
普	フ		2	普通に				
敷	フ	し**く**	1	敷く				
部	ブ		1	部屋	全部			
腹	フク	はら	4	腹を立てる				
複	フク		2	複雑				
払	フツ	はら**う**	4	払う				
紛	フン	まぎ**れる**、まぎ**らす**、まぎ**らわす**、まぎ**らわしい**	2	紛らわしい				
平	ヘイ、ビョウ	たい**ら**、ひら	5	平等				
並	ヘイ	なみ、なら**べる**、なら**ぶ**、なら**びに**	8	並ぶ				
閉	ヘイ	と**じる**、と**ざす**、し**める**、し**まる**	6	閉じる	閉める			
米	ベイ、マイ	こめ	11	米				
辺	ヘン	あた**り**、べ	11	辺り				
変	ヘン	か**わる**、か**える**	2	変える				
保	ホ	たも**つ**	11	保管する				
暮	ボ	く**れる**、く**らす**	12	暮らす				
放	ホウ	はな**す**、はな**つ**、はな**れる**、	12	放送				
豊	ホウ	ゆた**か**	11	豊か				
褒	ホウ	ほ**める**	8	褒める				
亡	ボウ、モウ	な**い**	4	亡くなる				
忙	ボウ	いそが**しい**	3	忙しい				
坊	ボウ、ボッ		3	寝坊				
忘	ボウ	わす**れる**	5	忘れる	忘れ物			

	音読み	訓読み	初出課	提出語					
僕	ボク		2	僕					
枚	マイ		1	～枚					
無	ム、ブ	ない	4	無料	無意識				
夢	ム	ゆめ	6	夢					
命	メイ、ミョウ	いのち	3	一生懸命	命				
迷	メイ	まよう	6	迷い					
鳴	メイ	なく、なる、ならす	12	鳴る					
面	メン	おも、おもて、つら	5	面（めん）					
役	ヤク、エキ		1	役に立つ					
由	ユ、ユウ、ユイ	よし	1	自由	理由				
与	ヨ	あたえる	8	与える					
要	ヨウ	いる	2	必要					
陽	ヨウ		11	太陽					
様	ヨウ	さま	8	多様化	奥様				
雷	ライ	かみなり	7	雷					
利	リ	きく	4	利用する	便利さ	便利			
略	リャク		12	中略					
留	リュウ、ル	とめる、とまる	5	留学	留学生				
慮	リョ		12	配慮する					
涼	リョウ	すずしい、すずむ	11	涼しい					
礼	レイ、ライ		4	失礼な					
例	レイ	たとえる	2	例えば					
齢	レイ		9	年齢					
歴	レキ		11	歴史					
恋	レン	こう、こい、こいしい	3	恋	恋人				
労	ロウ		12	苦労					
録	ロク		9	録音する	登録する				

4. 文法項目と提出語彙

＊「会話表現」の中のゴチック体は［話す・聞く］の「5.
練習をしましょう」で扱っている表現・語句を示す。

課	文法項目　＊補足項目	動詞	形容詞	名詞・副詞・造語成分	会話表現	固有名詞
7	1. (1) ～なくてはならない／いけない 　　　～なくてもかまわない（義務・不必要） 　 (2) ～なくちゃ／なきゃ ［いけない］ 2. …だけだ・［ただ］…だけでいい 3. …かな（終助詞） 4. (1) ～なんか… 　 (2) …なんて… 5. (1) ～（さ）せる（感情使役） 　 (2) ～（さ）せられる・～される 　　　（感情使役の受身） 6. …なら、… ＊～てくれ	出す［料理を～］ 喜ぶ いじめる 感心する 泣く 感動する 譲る 遠慮する 表す 受ける［誘いを～］ 待ち合わせる 空く［時間が～］ いばる 震える 震え出す 助ける	きつい［スケジュール が～］ 丸い	歓迎会　招待状　ラーメン 折り紙　送別会 ピンク 中華レストラン　留学生会 ～会［留学生～］　会長　点数 悪口　夫婦　～げんか［夫婦～］ 医学部　～部［医学～］ ライオン　冗談 ～たち［子ども～］　お化け 親　一周　～山　芝居　せりふ アニメ　講演　ツアー フリーマーケット　失礼 着付け教室　ぜミ 今回　同僚　交流会 登山　紅葉　見物 音楽会　まんじゅう　へび 毛虫　おれ　お前　目の前　落語 ホームページ　笑い話 たいした　あらためて いろんな　せっかく　するど ～ぐらい　いや　次々に ぽつりと	本当ですか。 **ぜひお願いします。** **せっかく誘っていただいたの** **に、申し訳ありません。今回** **は遠慮させてください。** …かい？ 助けてくれ！	

144

課	文法項目　＊補足項目	動詞	形容詞	名詞・副詞・造語成分	会話表現	固有名詞
8	1. (1) ～あいだ、… 　　(2) ～あいだに、… 2. (1) ～まで、… 　　(2) ～までに、… 3. ～た（名詞修飾） ＊髪／目／形 をしている 4. ～によって… 5. ～たまま、…・～のまま、… 6. …からだ（原因・理由）	眠る 黙る 取る [ノートを～] 盗む 焦げる 枯れる 取る [免許を～] 退職する 背負う 躍く 与える [ダメージを～] 伸びる 発展する 受ける [ダメージを～] 述べる	平凡 [な] もったいない 専門的 [な] 豊か [な]	人生　免許　ことば遣い 生　社会勉強　高校生　迷子 しま　花柄　チェック　水玉 スカート　無地 リュック　サービスカウンター 姫　特徴　ジーンズ　髪型 持ち物　水色　折りたたみ 青地　～地　持つところ プラスチック　途上国　先進国 プラス　マイナス　共通　関心 多様化　対象　反対に 前後　少女　アイディア 浮力　少年　キノコ雲　時に ダメージ　ひげ　ページ 魅力　テーマ	**確か、～たと思います。**	ナイジェリア トリニダード・トバゴ インド ウガンダ

課	文法項目 ＊補足項目	動詞	形容詞	名詞・副詞・造語成分	会話表現	固有名詞
9	1. お〜ます です（尊敬） 2. 〜てもかまわない 3. …ほど〜ない（比較） 　…ほど〜ではない（比較） 4. 〜ほど〜はない/いない（比較） 5. …ため[に]、……ためだ（原因・理由） 6. 〜たら/〜ば、…た（反事実的用法）	決まる 済む 自慢する 入国する とれる [米が〜] 乾燥する 生きる 実現する 載る [例文が〜] 付け加える 編集する 留守番をする 誇る 表れる 録音する 貸し出す 治す 役立つ	シンプル [な]	印鑑 サイン 性能 タイプ 牛肉 機能 平日 将棋 豚肉 降水量 バレーボール 気温 予防注射 月別 平均 資源 国々 最後 都市 誕生 大雪 道路 誕生 金 金メダル メダル 選手 バスケットボール 書き込み 検索 例文 ジャンプ機能 ジャンプ 商品辞書 〜社 国語辞書 柄 和英辞書 シルバー 特許 共通語 演奏 倒産 大金持ち ヒント TSUNAMI 影響 有名人 娯楽 競争 性別 地域 [お] 年寄り 仲間 心 交流協会 広報誌 暮らし 参加者 どんどん しっかり 今では ところが 関係なく 重なる きっかけ	こうやって 〜だけじゃなくて、〜のがいいんですか。 それでしたら、〜（の）がよろしいんじゃないでしょうか。 ほど〜ど変わりませんね。 〜で、〜はありませんか。	ドラえもん アインシュタイン タイム ガンジー 毛沢東 黒澤明 井上大佑 8ジューク 曲がるストロー ブルドッグプリンク

課	文法項目 *補足項目	動詞	形容詞	名詞・副詞・造語成分	会話表現	固有名詞
10	1. (1) …はずだ（確信） 　　(2) …はずが/はない 　　(3) …はずだった 2. 〜ことが/もある 3. 〜た結果、…／…の結果、… 4. (1) 〜出す（複合動詞） 　　(2) 〜始める・〜終わる・〜続ける 　　　（複合動詞） 　　(3) 〜忘れる・〜合う・〜換える 　　　（複合動詞） *〜ということになる	もうける [お金を〜] 見かける 否定する 当たる [宝くじが〜] 通じる [電話が〜] かかる [エンジンが〜] 怒る 出す [修理に〜] 聞き返す 入る [電源が〜] 驚く 転ぶ ぼんやりする おかす [ミスを〜] 完成する つながる [出来事に〜] 引き起こす	親しい	タイムマシン 宝くじ ワールドカップ カエル 計画 実際 鬼 CO₂ 抽選 一等 投票 倉庫 プリンター マニュアル 〜代 〜型 誤解 記憶 型 偶数 落とし物 奇数 あわて者 ミス ヒューマンエラー 手術 患者 心理学者 うっかりミス チェックリスト 手がかり 一方 指 聖人君子 うそつき エラー 困った人 出来事 不注意 めったに 時間通りに [お]互いに てっきり これら うっかり こういう 深く [〜呼吸する] または	どういうことでしょうか。 そんなはずはありません。 てっきり〜と思っていまし た。 気を悪くする わかってもらえればいいんで す。	JR 沖縄県 マザー・テレサ 新宿 リーズン

147

課	文法項目・*補足項目	動詞	形容詞	名詞・副詞・造語成分	会話表現	固有名詞
11	1. ～ていく・～ていく（変化）	普及する	派手［な］	企業　方言　大家族	～っていうのはどうですか。	ノーベル
		建つ	地味［な］	大～［～家族］　バックツアー	それも悪くないですね。	モーツァルト
	2. ～たら［どう］？	出す［元気を～］		個人　入学式　元気　広告	それもそうですね。……	首里城
	3. …より…ほうが…（比較）	寄付する［病院に 車いすを～］		美容院　車いす　グレー　原爆	けど、……	雪祭り
		あわてる		恐ろしさ　ダイナマイト　原爆	それも悪くないですけど…。	白川郷
	4. ～らしい（典型的な性質）	落ち着く		ニュース　遺跡　発掘　南極		白神山地
		行動する		探検　世界遺産　価値　流氷		厳島神社
	*～なんかどう？	のんびりする		自由行動　乗り物　コメント		屋久島
		つながる［電話が～］		仮装　黄金　伝説　屋根		知床
	5. ～らしい（伝聞・推量）	提案する		農作物　金銀　後半　〈～〉		原爆ドーム
		酔う［乗り物に～］		村人　向き　抵抗　～層　蚕		合掌造り
	6. ～として	染める		火薬　家内産業　年貢　地		江戸時代
		治める		前半　一族　～城　～		内ヶ嶋為氏
	7. (1) ～ず［に］…（付帯状況・手段）	かける［費用を～］		城　権力者　飢きん　～軒		帰雲城
		製造する		数百人　兆　気候　観光案内		織田信長
	(2) ～ず、…（原因・理由・並列）	送る［生活を～］		観光地　光　観光客		
	8. ～ている（経験・経歴）	期待する		ますます　今後　いかに		
		やってくる		ただ一つ　これまでに		
		住み着く		やっぱり　軽く［～体操する］		
		掘り当てる		さらに　いくつか　一人残らず		
		消える				
		保管する				
		分ける				
		積もる［雪が～］				

課	文法項目 ＊補足項目	動詞	形容詞	名詞・副詞・造語成分	会話表現	固有名詞
12	1. …もの/もんだから 2. (1) ～（ら）れる（間接受身〈自動詞〉） 　　(2) ～（ら）れる（間接受身〈他動詞〉） ＊…みたいです（推量） 3. ～たり～たり 4. ～っぱなし 5. (1) …おかげで、… 　　　　…おかげだ 　　(2) …せいで、… 　　　　…せいだ ＊どちらかと言えば、～ほうだ ＊～ます/ませんように	追いかける こぼす 落書きする 当たる [日が～] 暮らす 鳴る かける [迷惑を～] 乗り遅れる 受ける [ショックを～] 分かれる [意見が～] おいていただく 加える 配慮する 含む	温暖 [な] 騒々しい たまらない	演奏会 報告書 あくび 犯人 作業 スプレー シャッター 夜中 日 書道 蛍光灯 メニュー バイク 目覚まし時計 家事 迷惑 風邪薬 苦情 遅く [お] 帰り 役員 DVD 座談会 カルチャーショック アナウンス 奥様 苦労 中略 サンダル ビービー 都会 住宅地 虫 虫の音 車内 ホーム 乗客 安全性 チャイム 発車ベル 近所づきあい コマーシャル ぐっすり～ [眠る] あまり どうしても それまで [～ない] おかしな さっぱり [～ない] 必ずしも [～ない]	気がつきませんでした。 どうしても……てしまうんです。 それはわかりますけど、…。 どちらかと言えば いい勉強になる	ハンガリー ブダペスト バンコク 宇都宮 浦安

執筆協力（五十音順）

亀山稔史　沢田幸子　新内康子　関正昭　田中よね

鶴尾能子　藤嵜政子　牧野昭子　茂木真理

文法担当（五十音順）

庵功雄　高梨信乃　中西久実子　前田直子

編集協力

石沢弘子

イラスト

佐藤夏枝　向井直子

本文デザイン

山田武

本書原名—「みんなの日本語中級Ⅰ 教え方の手引き」

大家的日本語中級Ⅱ 教師用指導書

2010 年（民 99） 12 月 1 日 第 1 版 第 1 刷 發行

定價　新台幣 320 元整

編 著 者	（日本）スリーエーネットワーク
授　　權	（日本）スリーエーネットワーク
發 行 人	林　寶
總　　編	李 隆 博
責 任 編 輯	藤岡みつ子
封 面 設 計	歐 定 周
發 行 所	大新書局
地　　址	台北市大安區 (106) 瑞安街 256 巷 16 號
電　　話	(02) 2707-3232・2707-3838・2755-2468
傳　　真	(02) 2701-1633・郵 政 劃 撥：00173901
登 記 證	行 政 院 新 聞 局 局 版 台 業 字 第 0869 號

香 港 地 區	香港聯合書刊物流有限公司
地　　址	香港新界大埔汀麗路 36 號 中華商務印刷大廈 3 字樓
電　　話	(852) 2150-2100
傳　　真	(852) 2810-4201